तस्वीर ज़माने की

संतोष त्रिपाठी 'सुजान'

तस्वीर ज़माने की

संतोष त्रिपाठी 'सुजान'

Anybook

Published By

Anybook

Cell : 9971698930

E-mail : contactanybook@gmail.com

Website : www.anybook.org

Price in India : 175/- INR

First published by Anybook in 2021

Printed and bound in India

Cover Design & Typesetting by Anybook

ISBN : 978-93-86619-74-7

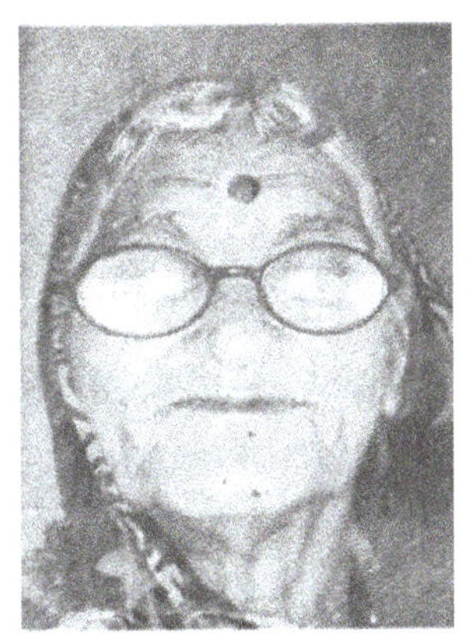

स्वर्गीय माता जी
को सादर समर्पित

व्यकतिगत परिचय

मैंने प्रारम्भिक शिक्षा मूल निवास ग्राम पोस्ट कपसा में हायर सेकेंड्री परीक्षा उत्तीर्ण कर वर्ष 1977 में स्नातक शिक्षा हेतु ठा. रणमत सिंह महाविद्यालय रीवा में एडमीशन लेकर वर्ष 1980 में अवधेश प्रतापसिंह विश्वविद्यालय से स्नातक की उपाधि प्राप्त की।

मैं वर्ष 1981 से 1983 तक हिंदी मुद्र-लेखन व शीघ्र-लेखन की शिक्षा प्राप्त करता रहा; साथ ही परिवार के कार्यों में सहयोग करता रहा। वर्ष 1984 में ही नौकरी करने की मंशा से इंदौर आकर 3 अप्रैल सन 1984 में मध्यप्रदेश घुड़सवार पुलिस में भर्ती हुआ। इसी समय हिंदी मुद्र-लेखन की बोर्ड परीक्षा भी उत्तीर्ण की। भर्ती के समय से ही घुड़सवारी के प्रति लगाव व उत्साह के कारण घुड़सवारी अभ्यास करता रहा। वर्ष 1987 में मध्यप्रदेश घुड़सवारी टीम के सदस्य के रूप में अखिल भारतीय व राष्ट्रीय स्तर की घुड़सवारी प्रतियोगिताओं में भाग लेकर कई पदक अर्जित कर मध्यप्रदेश घुड़सवारी टीम के मैनेजर तक का कार्य सम्पादित किया।

घुड़सवारी के साथ-साथ ही कवि सम्मेलनों में जाकर कवितायें सुनाने में काफ़ी रुचि रही। इसी दौरान कुछ अपनी रचनाएँ भी लिखने का प्रयास करता रहा वर्ष 1987 व 1988 में ज़िला उज्जैन में पद स्थापना होने से विक्रम विश्वविद्यालय से समाज शास्त्र विषय पर स्वाध्यायी छात्र के रूप में सनात्कोत्तर परीक्षा उत्तीर्ण करने में सफल रहा। साहित्य के प्रति अभिरुचि व वरिष्ठ साहित्यकरों का सम्मान करते हुए राष्ट्रीय कवि मालवभूषण, वेदज्ञाता, कविवर श्री सत्यनारायण 'सत्तन' जी को अपना साहित्यिक गुरू मानकर बिना उनसे व्यक्तिगत परिचय मात्र उनके चरणों का आशीष प्राप्त कर कविता लेखन का कार्य करता रहा। परिचय पर परम पूज्यनीय गुरूवर द्वारा 'सुजान' साहित्यक उपनाम का आशीष प्रदान किया गया है। जिसे नाम के साथ जोड़कर मैं अविभूत हूँ।

रचनाओं का मूल आधार समाज में घटित 'घटनाओं', बेटियों पर अत्याचार,

भारतीय सैनिक की वीरता, माता-पिता का संतान के प्रति त्याग व समर्पण रहा। रचनाओं का परिक्षण व मार्ग-दर्शन परम पूज्यनीय पिता जी द्वारा सतत किया जाता रहा।

हिंदी साहित्य में स्नातकोत्तर उपाधि प्राप्त सेवा निवृत्त व्याख्याता के रूप में पिता जी का सानिध्य निश्चित रूप से मेरे मार्ग में चिराग़ बनकर रौशन करने में सहायक सिद्ध हुआ। मेरी रचनाओं को मेरे समस्त परिवार, सम्बन्धियों व मित्रों का सराहनीय संबल प्राप्त हुआ।

रचनाओं को पढ़कर उत्साह वर्धन में हमारे श्रद्धेय श्री वी.पी.द्विवेदी जी का विशेष आशीष प्राप्त होता रहा है। जब स्वयं कविता ही कविता की प्रसंशक हो तो लेखक का उत्साहित होना स्वाभाविक है। मेरे अपनों ने मुझे सम्पूर्ण प्यार व आशीर्वाद सदैव दिया है, जिसके परिणाम स्वरूप ज़माने की तस्वीर को क़लम काग़ज़ के संयोग से रेखांकित कर रचना संग्रह 'तस्वीर ज़माने की' आपके सम्मुख प्रस्तुत करने का प्रयास कर रहा हूँ।

आप सभी का स्नेह व आशीर्वाद सदैव बना रहा तो इसी प्रकार भाव प्रवाह में बहने का अथक प्रयास करूँगा।

आपका शुभेक्षु

संतोष त्रिपाठी 'सुजान'

शुभकामना संदेश

श्री संतोष कुमार त्रिपाठी 'सुजान' की रचनाएँ पढ़ने व सुनने का अवसर मुझे प्राप्त हुआ, जिनको पढ़कर व सुनकर ऐसी अनुभूति हुई कि यह एक उगता हुआ सितारा है जो उदयकाल में ही अपनी दमक से चमत्कार बिखेरने लगा है।

इनकी प्रगति और सफलता के लिये मेरी ओर से हार्दिक शुभकामनाएँ 'सुजान' की हर कविता सुजान है और उसमें समाज के लिये कुछ न कुछ संदेश अवश्य निहित है।

शुभेक्षु

हीरामणि त्रिपाठी

एम.ए. हिंदी

सेवा निवृत्त व्याख्याता

प्रिय पाठक

वर्तमान परिवेश में जहाँ व्यक्ति विकास की ऊँचाइयों को छूने का प्रयास करता जा रहा है, वहीं समाज में विद्यमान दूषित मनोभाव कई सामाजिक कुरीतियों व विषमताओं को जन्म देते हैं। इन कुरीतियों के कारण समाज में दहेज़ प्रथा, नशाखोरी, भ्रूण हत्या व बलात्कार जैसे सामाजिक अपराधों की बहुतायत देखने में अक्सर आती रहती है।

समाज में सम्पन्न वर्ग जिसे अपने शौक़ के रूप में इस्तेमाल करता है वहीं ग़रीब व बेसहारा वर्ग के लिये यह बर्बादी व मजबूरी के रूप में देखने को मिलता है इसी प्रकार भारत देश स्वतंत्र एवं गणतंत्र होने के बावजूद भी पड़ोसी देशों की वैमनस्यता व दुश्मनी के कारण असुरक्षित है, सुरक्षा में तैनात हमारे वीर सिपाहियों की आये दिन शहादत निश्चित रूप से उन पर आश्रित परिवारजनों के भविष्य को प्रत्यक्ष व अप्रत्यक्ष रूप से प्रभावित करती है।

इसी सामाजिक दर्द के एहसास ने मनोभावों में हलचल पैदा कर कलम उठाने को मजबूर कर दिया है। काग़ज़ व क़लम उठाकर लिखते समय न जाने कितनी बार अश्रुपात हुआ। आँखें नम व हृदय द्रवित होता रहा। ज़माने की कई तस्वीर मानस पटल पर उभरतीं व मिटती रहीं, परन्तु उनकी परछाइयाँ धुँधली छवि के रूप में सदैव विद्यमान रहीं।

'तस्वीर ज़माने की' रचना संग्रह आपके बीच सौंपकर समाज के प्रति अपने कर्तव्य का निर्वहन करता एक सूक्ष्म प्रयास है, अपनों के प्यार, दुलार व शुभाशीष की अपेक्षाओं की प्रतीक्षा में।

आपका

संतोष त्रिपाठी

माता सरस्वती मुझे, ग्यान दो वरदान दो!
वीणा की तान दो माँ, शब्दों का दान दो!

सरिता सी निश्छलता, सागर सा भाव दो!
मन में दो शीतलता, निर्गुण स्वभाव दो!

मानवता कर्म दे दो, अटल स्वाभिमान दो!
वीणा की तान दो माँ, शब्दों का दान दो!

छन्द दो माँ ताल दो माँ, रस का उपहार दो!
कण्ठ में विराजो माँ, आशीषों से वार दो!

जीवन सरसता दो, सुद्दढ़ अरमान दो!
वीणा की तान दो माँ, शब्दों का दान दो!

सेवा का भाव दो माँ, जीवन का मर्म दो!
जाति-धर्म भेद हटे, इन्सानी धर्म दो!

तन का अभिमान मिटा, मन का सम्मान दो!
वीणा की तान दो माँ, शब्दों का दान दो!

अनुक्रम

कविताएँ

कविताएँ

गुरु महिमा

गुरु पद रज निज शीष धरि, कर जीवन उद्धार।
गुरु महिमा है अमिय सम, भव बँधन से पार।

हिय से होवे दूर तम, फैले ज्ञान प्रकाश।
कष्ट रहित जीवन सरल, ज्यों निर्मल आकाश।

जीवन नूतन कुम्भ है, गुरु शीतलता प्राण।
तन मन सब शीतल करे, उर धरि ली जै ज्ञान।

गुरु मुख ज्ञान जो सँचरै, लीजे कँठ सँवार।
ख़ुद भी जग से तर गये, तारे निज परिवार।

सदियों से गुरु ज्ञान का, मिलता रहा प्रसाद।
ज्ञान भक्ति मन में बसे, मिटे सकल अवसाद।

प्रातः दर्शन मात्र से, कट जाते भव फंद।
गुरुवर के आशीष से, जीवन परमानंद।

प्रथम करो आराधना, प्रातः दोउ कर ज़ोर।
सभी देव पूजन करें, दूजे भाव विभोर।

जग अथाह सागर सरिस, मन में भरा अज्ञान।
दिनकर तेज प्रकाश गुरु, उर निस दिन दिनमान।

गुरु दर्शन दुर्लभ जिसै, जीवन मृत्यु समान।
गुरु दिखलावें रास्ता, मिटे सकल अभिमान।

बार-बार विनती करूँ, गुरु चरनन सिर नाय।
ऐसी ही प्रभु राखियो, मुझ पर कृपा बनाय।

सब लोगन के बीच में, गुरु का करूँ बखान।
गुरु के ज्ञान प्रकाश से, रौशन सकल जहान।

बेटी की चीख़

जब अत्याचार ने अपना रौद्र रूप अपनाया था।
तब मानवता को लाचार व शर्मसार पाया था।

लाचारी अब तक अपना दम तोड़ती जा रही थी।
हवस इन्सानियत की गर्दन मरोड़ती जा रही थी।

मजबूर चीख़ें चंद साँसों के लिए तरस रही थीं।
हैवानियत की छुरी लगातार सीने में बरस रही थी।

मेरा गुनाह यह था कि मैं एक ग़रीब लड़की थी।
इसीलिए दर्द से चीख़ी चिल्लाई व तड़पी थी।

पेट से लेकर चिता तक हमेशा जलती आई हूँ।
जीवन भर ख़तरों व अन्याय में पलती आई हूँ।

ईश्वर भी यह सब मूक दर्शक बनकर देख रहा है।
क़ानून आँख में पट्टी बाँधकर रोटी सेक रहा है।

कब तक ग़रीब की आबरू तार-तार होती रहेगी।
ज़ुल्म व हवस की यूँ ही शिकार होती रहेगी।

जिस्म की आग में कब तक बेटियाँ जलाई जायेंगी।
फाँसी के फँदे व हथकड़ियाँ न्याय से छिपाई जायेंगी।

ग़रीब बेटियों के भाग्य में तो बस तड़प व आह है।
अब तो भारत में ग़रीब बेटी होना भी एक गुनाह है।

बेटी की आरज़ू

मैं जो एक बार तेरी ज़िन्दगी में आऊँगी।
सच कहती हूँ तुझे मैं ही माँ बनाऊँगी।
मैं एक परिंदा हूँ मुझे आसमाँ में उड़ने दो।
ये गए चाँद में सूरज में घर बनाऊँगी।

मैं हूँ पहचान तेरी, मुझको मिटाती क्यों हो?
मेरे अरमानों को नफ़रत से जलाती क्यों हो।
मुझको एक बार ज़मीं पर तो क़दम रखने दो।
राहें तूफ़ान की मैं मोड़कर दिखाऊँगी।

तुम तो एक माँ हो, ये ममता तेरी अमानत है।
फिर क्यों बेटे पे ही, इतनी तुम्हें मोहब्बत है।
मैं घर की शान हूँ, तुलसी मैं तेरे आँगन की।
ज़िन्दगी खो के भी ये क़र्ज़ मैं चुकाऊँगी।

मुझे क़ुदरत ने बनाया है तो जी लेने दो।
अपने आँचल का वो अमृत भी तो पी लेने दो।
मैं तो मेहमान हूँ कुछ दिन तो साथ रहने दो।
जा के ससुराल में एक घर नया सजाऊँगी।

नन्ही पुकार

अपने क्रूर इरादों से, एक बार बचा लो मुझको माँ।
ममता के आँचल में कुछ दिन, तो दुलरालो मुझको माँ॥

नहीं चाहिये दौलत मुझको, ना कोई उपहार मुझे।
दादा-दादी पापा-मम्मी का चाहिए परिवार मुझे॥

बेटी कहकर सीने से, एक बार लगा लो मुझको माँ।
ममता के आँचल में कुछ दिन तो दुलरालो मुझको माँ।

भैया संग आँगन में खेलूँ इतना दो अधिकार मुझे।
उँगली पकड़ चलाओ मुझको, इतना तो दो प्यार मुझे॥

गा-गाकर लोरी की धुन, कभी पास सुला लो मुझको माँ।
ममता के आँचल में कुछ दिन तो दुलरालो मुझको माँ॥

बहना बिन सूनी रहती, हर बरस कलाई भाई की।
ननद बिना पूरी ना होती भाभी की रस्म विदाई की॥

राखी, होली और दिवाली में साथ मिला लो मुझको माँ।
ममता के आँचल में कुछ दिन तो दुलरालो मुझको माँ॥

अपनी तुतली भाषा में मम्मा कह तुम्हें बुलाऊँगी।
दादी की गोदी में बैठ के चंदा मामा गाऊँगी॥

गुड्डा- गुड़िया की शादी का खेल खिला दो मुझको माँ।
ममता के आँचल में कुछ दिन तो दुलरालो मुझको माँ॥

पापा की साइकिल पर बैठ के मैं भी पढ़ने जाऊँगी।
रास्ते में खाने की चीज़ें पापा से मंगवाऊँगी॥

पढ़ा लिखा कर एक क़ाबिल इन्सान बना लो मुझको माँ।
ममता के आँचल में कुछ दिन तो दुलरालो मुझको माँ।

चीख़

क्यों चीख़ों में बदल रहे हो, आँगन की किलकारी को।
जीते जी क्यों मौत दे दिया, तुमने उस बेचारी को॥

इन्सानी जज़्बातों में कितना वहशीपन आ जाता है।
ज़िन्दा जीवों की बोटी वह नोच- नोचकर खाता है॥

जब उस नन्ही जान पर तुमने अपना पौरूष अज़माया था।
मानवता शर्मसार हो गई, जानवर तक शर्माया था॥

चित्कार की भाषा तक क्या तुमको समझ नहीं आई।
उस निरीह सी काया पर क्या अपनी बेटी नज़र नहीं आई॥

संस्कारों को खो बैठे तुम वहशीपन की ज्वाला में।
जीवनभर का सुकून खो दिया दो बूँदों की हाला में॥

जिस बेटी को इस जग ने शक्ति का अवतार कहा।
शक्ति के ही उस स्वरूप ने ऐसा अत्याचार सहा॥

एक अबोध से तुमने उसके जीने का अधिकार लिया।
गुड्डा, गुड़िया, खेल- खिलौने, बचपन का संस्कार लिया॥

काश उसे गोदी में लेकर लोरी गीत सुना देते।
उसको भी जीवन मिलता तुम मानव धर्म निभा लेते॥

भाई- चारे की परिभाषा तुम अपने हाथों लिख लेते।
जीवन को संयम और अपने पौरूष को सम्बल देते॥

लेकिन काली करतूतों से ख़ुद का भाग्य बदल डाला।
अपने साथ नाम जोड़कर पुरखों पर कालिक मल डाला॥

चाचा, ताऊ, भैया, दादा सारे रिश्ते दूर हुए।
जन्मों के सम्बन्ध आज पल भर में चकनाचूर हुए॥

लज्जित है माँ की ममता, असहाय पिता की आन बनी।
आँगन की फुलवारी भी, एक जलता शमशान बनी॥

सुनकर ऐसी करतूतों को माँ का दूध लजाया होगा।
तेरा ज़मीर धिक्कारा होगा जब तुमने हाथ लगाया होगा॥

राखी और दिवाली की ख़ुशियाँ तक तुम भूल गए।
एक हवस की चाह में एक दिन फाँसी पर तुम झूल गए॥

बहशीपन

आँसू तक भी बह न पाए, ऐसा क्रूर प्रहार किया।
एक दूध मुही काया पर क्यों? इतना अत्याचार किया॥
इन्सानी करतूतों पर अब, हैवानियत शर्माती है।
क्या इन्हीं दरिंदों की ख़ातिर, बेटी जग में आती है?

बे-ज़ुबान जग देखकर भी, यह सब कैसे सह जाता है।
वहशी और दरिंदा जब, सब हदें पार कर जाता है॥
न्याय की देवी की आँखों पे क्यों? पट्टी बँध जाती है।
क्या इन्हीं दरिंदों की ख़ातिर बेटी जग में आती है?

एक सवाल उस माँ से भी है, जिसने ऐसा लाल दिया।
आँचल के अमृत से जिसने, उसको सदा निहाल किया॥
इतना सब कुछ देखकर भी, बेटा कह उसे बुलाती है।
क्या इन्हीं दरिंदों की ख़ातिर बेटी जग में आती है?

मानवता को तार-तार जब, ये अपराधी कर जाते हैं।
क़ानून के सौदागर इनको, नाबालिग़ बना बचाते हैं॥
मासूमी चींख़ों को सुनकर, यह आत्मा फट जाती है।
क्या इन्हीं दरिंदों की ख़ातिर, बेटी जग में आती है?

आँगन के पलने में लेटी, वो बेटी तक महफ़ूज़ नहीं।
शर्म और कायरता भी, इनको होती महसूस नहीं॥
आँगन की किलकारी भी, जब चीख़ें बन जाती है।
क्या इन्हीं दरिंदों की ख़ातिर बेटी जग में आती है?

बेटी की उम्र

छोड़ के बाबुल का आँगन, ससुराल का अरमान हो गई।
मुझको पता नहीं कब कैसे, बेटी मेरी जवान हो गई।

बाहों के झूले में झूले, किलकारी का शोर हुआ।
नन्हे क़दमों की आहट से, आँगन भाव विभोर हुआ।
छन छन करती पैजनिया, वो तुतली मम्मा की बोली।
कभी बनाती कभी मिटाती, धूल भरी वो रंगोली।

जाने वो गौरैया की डाली, कब ऐसे सुनसान हो गई।
मुझको पता नहीं कब कैसे, बेटी मेरी जवान हो गई।

रंग-बिरंगी फूलों वाली, दो-दो चोटी बालों में।
किसी बात पर रोते-रोते, बहता काजल गालों में।
रूखी सूखी खा कर बैठी, माँ से लाड़ लड़ाती थी।
भैया के पलने में ही, वह सिर रख कर सो जाती थी।

एक आँगन का प्यार आज, दूजे का सम्मान हो गई।
मुझको पता नहीं कब कैसे, बेटी मेरी जवान हो गई।

जाने कितना दर्द छिपा, नैनो से सरिता बहती है।
दो दो घरों को अपनाकर भी, सदा पराई रहती है।
रंग रूप की दौलत पाकर, प्यार दुलार नहीं पाती।
अरमान सजा कर आती है, अरमान लुटाकर है जाती।

जग को जीवन देने वाली, ख़ुद ही जीवनदान हो गई।
मुझको पता नहीं कब कैसे, बेटी मेरी जवान हो गई।

बेटियाँ

ख़ुशबू की तरह ख़ुद को लुटाती हैं बेटियाँ,
इन्सानियत का फ़र्ज़ निभाती हैं बेटियाँ।
किलकारियों की गूँज से घर को हैं सजाती,
माँ बाप को पलकों पर बिठाती हैं बेटियाँ।

सावन के बादलों सी बरसती हैं बेटियाँ,
फिर भी जहाँ में आने को तरसती हैं बेटियाँ।
कई बेटियों की होती क़ुर्बानी गर्भ में,
नन्ही सी चीख़ बनकर रह जाती हैं बेटियाँ।

संस्कारों की दौलत को संजोती हैं बेटियाँ,
अश्कों के गंगाजल में भिगोती हैं बेटियाँ।
निज ज़िन्दगी को सौंपकर करती हैं उजाला,
घर-घर में प्रेम दीप जलाती हैं बेटियाँ।

जब-जब क़दम को आगे बढ़ाती हैं बेटियाँ,
दुश्मन के ख़ूब छक्के छुड़ाती हैं बेटियाँ।
इनके इरादे झुकते नहीं पर्वत के सामने,
अबला नहीं मैं जग को बताती हैं बेटियाँ।

कभी तो डोलियों में सजती हैं बेटियाँ,
घर की ही आग में फिर सुलगती हैं बेटियाँ।
आन -बान- शान और सम्मान भूलकर,
परिवार की पगड़ी को बचाती हैं बेटियाँ।

जीवन में अपनेपन का है एहसास बेटियाँ,
है कठिनाइयों में साथ का विश्वास बेटियाँ।
दुःख-दर्द में अपनों के जीती हैं तड़पकर,
आँसू से अपना क़र्ज़ चुकाती हैं बेटियाँ।

बेटी का इंकार

मुझे नहीं जाना इस बार, अरे - रे - बाबा ना बाबा।
मेरा क़ातिल है संसार, अरे - रे - बाबा ना बाबा।

मेरे माँ के उदर से आते ही, सारे चेहरे मुरझाने लगे।
मातम सा घर में छाया था, माँ पर ताने बरसाने लगे।
दुश्मन हुआ मेरा परिवार, अरे - रे - बाबा ना बाबा।
मुझे नहीं जाना इस बार, अरे - रे - बाबा ना बाबा।

मेरी पलकें तक ना खुल पाई, माँ को भी देख नहीं पाई।
नफ़रत का एक तूफ़ान उठा, मेरी घर से हो गई रुसवाई।
ये कैसा है अत्याचार, अरे - रे - बाबा ना बाबा।
मुझे नहीं जाना इस बार, अरे - रे - बाबा ना बाबा।

मैंने ये सुना था माता तो, ममता की मूरत होती है।
बच्चों की ख़ातिर दुनिया में, भगवान की सूरत होती है।
माँ का ये अजब व्यवहार अरे - रे - बाबा ना बाबा।
मुझे नहीं जाना इस बार, अरे - रे - बाबा ना बाबा।

गोदी में मुझको ले के चले, मैंने सोचा दुलरायेंगे।
कुछ पल बीतेंगे ख़ुशियों के, घर किलकारी से सजायेंगे।
कचरे का मिला उपहार, अरे - रे - बाबा ना बाबा।
मुझे नहीं जाना इस बार, अरे - रे - बाबा ना बाबा।

इस रंग बिरंगी दुनिया में ख़ुद को अनाथ सा पाया था।
सूरज की तपती धूप सही, तन को कुत्तों ने खाया था।
नहीं हो सका कोई संस्कार, अरे - रे - बाबा ना बाबा।
मुझे नहीं जाना इस बार, अरे - रे - बाबा ना बाबा।

कोई फेंकी जाती कचरे में, कोई हवस की बलि हो जाती है।
बेटी आख़िर इस दुनिया में, क्या इसीलिए ही आती है।
बेटी का यह सत्कार, अरे - रे - बाबा ना बाबा,
मुझे नहीं जाना इस बार, अरे - रे - बाबा ना बाबा।

बेटी का दर्द

भूल से पैदा हुई, नफ़रत में मैं पली।
एक बार लोग जलते हैं, कई बार मैं जली।

आई थी जब उदर से, माँ के मैं पहली बार।
मुझे देखते ही मातम मनाने लगा परिवार॥
दादी ने सुनाई थी, माँ को बुरी-भली।
एक बार लोग जलते हैं, कई बार मैं जली॥

पैदा किया ख़ुदा ने मुझे फूल की तरह।
लेकिन जहाँ ने समझा, मुझे धूल की तरह॥
डाली से दूर हो गई मैं, बिखरी हुई कली।
एक बार लोग जलते हैं, कई बार मैं जली॥

बचपन में माँ के प्यार का एहसास ना मिला।
परिवार में स्नेह का विश्वास ना मिला॥
गोदी को तरसती रही मैं धूल में डली।
एक बार लोग जलते हैं, कई बार मैं जली॥

बचपन में गालियाँ और तिरस्कार मिला है।
घर में भी भेदभाव का उपहार मिला है॥
हर बात पर माँ भी मुझे कहती करमजली।
एक बार लोग जलते हैं, कई बार मैं जली॥

मुझको कभी ख़ुशी न कभी सम्मान मिला है।
जीवन में मुझे दर्द व अपमान मिला है॥
ताने मुझे मिले थे, जब स्कूल मैं चली।
एक बार लोग जलते हैं, कई बार मैं जली॥

बढ़ती हुई थी उम्र जवानी का सिलसिला।
राहों में मनचलों से ये ताना मुझे मिला॥
कोई चाँद कह रहा तो कोई बयार मनचली।
एक बार लोग जलते हैं, कई बार मैं जली॥

माँ-बाप को शादी का भी ख़्याल आ गया।
घर-बार, वर, दहेज का सवाल आ गया॥
पापा भटक रहे थे, दिनभर गली-गली।
एक बार लोग जलते हैं, कई बार मैं जली॥

ससुराल में गई थी मैं अनजान की तरह।
मुझको वहाँ न समझा एक इन्सान की तरह॥
मैं जल रही थी द्वेष में, फिर गैस में जली।
एक बार लोग जलते हैं, कई बार मैं जली॥

बचपन

जाने कहाँ खो गया अपना, हँसता खेलता बचपन।
समझ ना पाए कब हो गए, हम बचपन से पचपन।

जीवन का वह भोलापन, कितना प्यारा लगता था।
गुड्डा, गुड़िया, खेल-खिलौना, सबसे न्यारा लगता था।
साथ-साथ खेला करते थे, जात-पात का ध्यान नहीं।
खान-पान का भेद नहीं था, छुआ-छूत का ज्ञान नहीं।

गीली मिट्टी जैसा कोमल, था अपना प्यारा तन-मन।
समझ ना पाए कब हो गए, हम बचपन से पचपन।

काम, क्रोध, मद-लोभ सभी से, दूर रहा करते थे हम।
ममता की सरिता में यूँ ही, स्वच्छंद बहा करते थे हम।
बहन भाईयों से मिलकर, उछल कूद झगड़ा झाँसा।
पापा के कँधे पर बैठकर, बन्दर भालू खेल तमाशा।

रह-रहकर अब याद दिलाता, जीवन का अनमोल सपन।
समझ ना पाए कब हो गए हम, बचपन से पचपन।

बचपन की तलाश

नन्ही सी किलकारी में, आओ सरगम ढूँढ के लाए।
आँसू के सागर में डूबे, प्यारा बचपन ढूँढ के लाए।

सूरज निगलकर बैठ गए हैं, आज महाबल राहों में।
जुगनू की औक़ात भला क्या, होती उनकी निगाहों में।
मुख मण्डल की ख़ामोशी में, खिलती चितवन ढूँढ के लाए।
आँसू के सागर में डूबे, प्यारा बचपन ढूँढ के लाए।

जीवन सिमट गया है जिनका, दो रोटी के निवालों में।
बचपन के संस्कार खो गए, अनसुलझे से सवालों में।
भावों के उजड़े गुलशन में, हँसता सावन ढूँढ के लाए।
आँसू के सागर में डूबे, प्यारा बचपन ढूँढ के लाए।

आज तलक जो पढ़ न पाए, क, ख, ग की परिभाषा।
गर्दिश के साये में डूबी, जीवन की सारी अभिलाषा।
चहक उठे उनका घर आँगन, ऐसा मौसम ढूँढ के लाए।
आँसू के सागर में डूबे, प्यारा बचपन ढूँढ के लाए।

जब भारत का भाग्य, अभी भी अन्धकार में पलता है।
बोझ है काँधों पर जिनके, ख़ुद बैसाखी में चलता है।
रंग बिरंगे फूल है जिसमें, ऐसा उपवन ढूँढ के लाए।
आँसू के सागर में डूबे, प्यारा बचपन ढूँढ के लाए।

ऐसी दीवाली

जब महल झोपड़ी रौशन हो, हर घर पूजा की थाली हो।
हर चेहरे पर मुस्कान खिले, कभी ऐसी भी दिवाली हो।

महलों की फुलझड़ियाँ जब, बस्ती-बस्ती रौशन कर दें।
मुरझाए चेहरों पर भी, ख़ुशियों के अमृत बरसे।
जब मावस की काली छाया, मिटती हो नन्हे दीपों से।
जब बने ख़ामोशी किलकारी, खिलती हों कलियाँ होठों से।

घर-घर में महक पकवानों की, घर की रौनक़ मतवाली हो।
हर चेहरे पर मुस्कान खिले, कभी ऐसी भी दिवाली हो।

जब जाति धर्म का भेद न हो, मानवता संस्कार पले।
हर तन हर दिल एक हो जाए, घर घर अपना अधिकार चले।
जब प्रेम की सरिता की कल-कल, सागर सा सद्भाव रहे।
मन्दिर, मस्जिद, गुरुद्वारा, सब में भक्ति का भाव रहे।

भेद-भाव से दूर कहीं हम, सबकी सोच निराली हो।
हर चेहरे पर मुस्कान खिले, कभी ऐसी भी दिवाली हो।

हम सब दीपों की लौ जैसे, अन्धियारों से लड़ना सीखे।
बाती का साथ निभाने को, बन तेल सदा मिटना सीखें।
घन-घोर अँधेरों के आगे, अपनी हिम्मत दिखलाता है।
एक नन्हा सा दिया हमेशा, काल से भी लड़ जाता है।

बीते निशा अमावस की, नभ में सूरज की लाली हो।
हर चेहरे पर मुस्कान खिले, कभी ऐसी भी दिवाली हो।

दुल्हन से सजे हर घर आँगन, हर घर लक्ष्मी जी वास करे।
हर घर पूजित हो मानवता, एक दूजे पर विश्वास करे।
बेटा-बेटी का भेद न हो, सन्तान एक सी पलती हो।
बहुओं को मिले मातृत्व प्रेम, बन बेटी साथ में चलती हो।

ख़ुशियों से भरा हो घर आँगन, दुनिया में भी ख़ुशहाली हो।
हर चेहरे पर मुस्कान खिले, कभी ऐसी भी दिवाली हो।

ज़िन्दगी

तुमसे मुझे है, बेतहाशा प्यार ज़िन्दगी।
हमको मिली है, चंद पल उधार ज़िन्दगी।

सपने हज़ार बुन बना, सपनों का ये महल।
करने लगी है, माया का श्रृंगार ज़िन्दगी।

ख़ुशियाँ पराई देखकर, अपना समझ लिया।
करती रही हमेशा, ख़बरदार ज़िन्दगी।

दुनिया ने बुराई को भी, आदत बना लिया।
हर जुर्म पर करती रही, गिरफ़्तार ज़िन्दगी।

चेहरों पर कभी अश्क, कभी मुस्कान सजाती।
कितनी ग़ज़ब है ये, चित्रकार ज़िन्दगी।

हम लाख छुपाएँ मगर, वो छुप नहीं सकता।
सरे-आम कर दे ऐसी, अख़बार ज़िन्दगी।

अपनों के साथ जीने की है, आरज़ू सदा।
सबको जुदा करे है बार-बार, ज़िन्दगी।

सपने संजोये कितने हँसी, बार-बार हम।
पलभर में ही कर देती तार-तार, ज़िन्दगी।

सदियों से आने-जाने का, ये दौर चल रहा।
बदले नहीं ये ख़ुद की, रफ़्तार ज़िन्दगी।

रोटी (कुण्डलिया)

पाया जीवन प्रभु से, रोटी से श्रृंगार।
एक बार आना जाना, रोटी बारम्बार।

रोटी बारम्बार बिना, रोटी सब सूना।
रोटी नहीं पेट, सुहाते कभी प्रभु ना।

कहते चतुर सुजान, जगत रोटी की माया।
पा रोटी भरपूर, जगत के सब सुख पाया।

रोटी में ममता बसे, रोटी से अनुराग।
सारे रिश्ते जगत के, रोटी से रसराग।

रोटी से रसराग, छल बल यही सीखलाए।
धनी से तिरस्कार, ग़रीबी को तरसाए।

कह ज्ञानी कविराय, विपदा बड़ी या छोटी।
सब कुछ जाते भूल, पड़ते पेट में रोटी।

रोटी को व्याकुल फिरे, दुनिया के सब लोग।
रोटी तन में पालती, काम क्रोध मद लोभ।

काम क्रोध मद लोभ, मनुष्य के अवगुण सारे।
लगती मन में भूख, करे सब बिना विचारे।

कहते ज्ञानी संत, ज्ञान की यही कसौटी।
हर जीवन में रंग, सजाती हरदम रोटी।

प्रदूषण

जाकर पँछी दूर देश में, तुम साँस ज़रा खुल कर लेना।
घुला पड़ा है ज़हर हवा में, यह अपनों से भी कह देना।

आसमान पर छोड़े जाते, हर पल धुँए के गुब्बारे।
जंगल की शीतल छाँव छीन, दे रहे दहकते अँगारे।
आसमान छूने की धुन में, माँ धरती का संहार किया।
पैदा होने वाले को भी, अब ज़हर भरा उपहार दिया।

जीना अब तुम खुली हवा में, खोल ज़रा अपने पर लेना।
घुला पड़ा है ज़हर हवा में, यह अपनों से भी कह देना।

गंगा की पावनता भी अब, हेय दृष्टि देखी जाती।
सागर से पैदा बादल की, वो शान धुआँ होती जाती।
कुएँ बावड़ी विध्वल दिखते, पोखर सूखे वीरान पड़े।
नालों का पानी शुद्ध हुआ, निसदिन देवों के भाल चढ़े।

मरने से अच्छा ही होगा, तुम हमसे भले बिछड़ लेना।
घुला पड़ा है ज़हर हवा में, यह अपनों से भी कह देना।

खो गईं धुनें शहनाई की, डी जे ने शोर मचाया है।
छोड़ वाहनों की पों-पों, अब प्रेशर हार्न लगाया है।
मन्दिर और शिवाला में भी, डिस्को का ही शोर हुआ है।
भीषण ध्वनि प्रदूषण से ही, श्रवण अंग कमज़ोर हुआ है।

कुदरत ने तुमको पर बख़्शे, तुम नील गगन में उड़ लेना।
घुला पड़ा है ज़हर हवा में, यह अपनों से भी कह देना।

हिन्दी

भाल श्रृष्टि के शोभित है, जन गण मन की अभिलाषा है।
पूजित है हिन्दुस्तान सदा, सम्मानित हिन्दी भाषा है।

बोली सरल लेखनी सुन्दर, उन्मुक्त कण्ठ उच्चारण है।
शब्दों का अर्थ सुशोभित है, रसों छंदों का निर्धारण है।

स्वच्छंद प्रवाहित सरिता सी, मनभावन सी परिभाषा है।
पूजित है हिन्दुस्तान सदा, सम्मानित हिन्दी भाषा है।

तुलसी मीरा और कबीरा, सबने इसको अपनाया है।
ज्ञान पुञ्ज बनकर हिन्दी ने, दुनिया में अलख जगाया है।

भेदभाव को दूर करे जो, यह ऐसी सुन्दर भाषा है।
पूजित है हिन्दुस्तान सदा, सम्मानित हिन्दी भाषा है।

पहली सीख मिली हिन्दी की, जब माँ का आलाप हुआ।
अपनों से तुतली भाषा में, हिन्दी वार्तालाप हुआ।

माता का सम्बन्ध बताती, वो हिन्दी मातृभाषा है।
पूजित है हिन्दुस्तान सदा, सम्मानित हिन्दी भाषा है।

रिश्तों का सम्मान बताए, वो पावन भाषा हिन्दी है।
शब्दों से श्रृंगार सजाए, मनभावन भाषा हिन्दी है।

बनकर राग सजाए महफ़िल, उत्कृष्ट सुकोमल भाषा है।
पूजित है हिन्दुस्तान सदा, सम्मानित हिन्दी भाषा है।

पर्यावरण

मुझसे ज़रा सा प्यार करो, ऐ मेरे सनम।
हर साँस ज़िन्दगी की हूँ, मैं आप की क़सम।

क़ुदरत ने बनाया है, मुझे आपके लिए।
मिलते रहे हैं आपसे, मुझको कितने ग़म।

सब मेरी ज़िन्दगी को, खिलौना समझ रहे।
मेरा क़त्ल करके मुझ पर, करते रहे सितम।

आसमाँ की चाहत या, त्यौहार की ख़ुशी।
बारूद के धुएँ से, घुटता है मेरा दम।

हरियाली पानी स्वच्छ हवा, सूर्य की किरण।
इन सब पर नहीं करता, है इन्साँ कभी रहम।

हर घूँट ज़हर का ही है, हमने सदा पिया।
फिर भी दुआएँ मेरी, पढ़ती नहीं हैं कम।

विनय आख़िरी है मेरी, तुम बात मान लो।
मैं ही नहीं रहा तो, क्या ज़िन्दा रहोगे तुम।

जीवन की शाम

होने लगी है शाम ज़रा लौट आइए,
जीवन को काली रात से अब तो बचाइये।

पाँवों में छाले पड़ गए हैं धूप में चलकर,
मिल न सकी ज़रा सी छाँव रेत के घर पर।
बस्ती में कोई घास की कुटिया बनाइये,
होने लगी है शाम ज़रा लौट आइये।

ये हुस्न जवानी का भरम तोड़ दीजिए,
दौलत की सेज काँटो भरी छोड़ दीजिए।
यहाँ ख़ाली हाथ आए थे कुछ ले के जाइए,
होने लगी है शाम ज़रा लौट आइए।

दो दिन की ज़िन्दगी है इसे जी के देखिये,
हरी नाम की हाला को कभी पी के देखिए।
इन्सान बन गए हैं हम जग को बताइए,
होने लगी है शाम ज़रा लौट आइए।

आया न कोई साथ न कोई साथ जाएगा,
जीवन में जो किया है वही काम आएगा।
जन्मों का क़र्ज़ आप अब ख़ुद ही चुकाइये,
होने लगी है शाम ज़रा लौट आइए।

जाते हो जिस शहर में वहाँ अन्धकार है,
लकड़ी का है बिस्तर तेरा लपटों का हार है।
मन को प्रभु को सौंपकर तन को जलाइए,
होने लगी है शाम ज़रा लौट आइए।

उड़ता आँचल

जब हवा ने उड़ाया था आँचल तेरा,
ज़ुल्फ़ सावन की काली घटा बन गई।
मनचलों में हुई देख दीवानगी,
पर तुम्हारे लिये इक अदा बन गई॥

इन हवाओं की नीयत का विश्वास क्या,
पा के तन्हा तुम्हें गुदगुदाने लगी।
शर्म से तुमने आँचल सँभाला ज़रा,
छेड़कर फिर ये ज़ुल्फ़ें उड़ाने लगी॥

देखकर आशिक़ी मन मचलने लगा,
दिल की आहें भी अब तो वफ़ा बन गईं॥

झुकी नज़रों से जब तुम सिमटती रहीं,
भँवरे तुमको कली ही समझने लगे।
देखकर सुर्ख़ होठों के सौंदर्य को,
प्यार से चूमने को मचलने लगे॥

तितलियाँ खोजती रह गईं फूल को,
तन की ख़ुशबू ही महकी हवा बन गई॥

जब ख़ुदा ने बनाया तो सोचा नहीं,
देखकर अब जहाँ में वो हैरान है।
स्वर्ग की अप्सरा भी चकित हो रही,
ये कोई हूर है या, फिर इन्सान है॥

आईना देखकर शर्म से मर गया,
ख़ूबसूरत सी इक दास्ताँ बन गई॥

तुम क़यामत हो तुमको पता ही नहीं,
कितने दीवाने अब तक फ़िदा हो गये।
तेरी मदहोश आँखों के सागर में अब,
डूबकर राज़ कितने बयाँ हो गये॥

हुस्न की हर अदा है समाई हुई,
हर ज़बाँ पर यही इक सदा बन गई॥

एकता

एक पिता की सन्ताने हम, रिश्ते में हम भाई-भाई।
अपनी शक्ल बदलकर बन गए, हिन्दू, मुस्लिम, सिख, ईसाई।

एक ही माँ का दूध पिया, एक ही गोदी का प्यार मिला।
एक ही आँगन में किलकारी ली, एक बचपन का श्रृंगार मिला।
एक ही रोटी एक ही धोती, एक ही निर्मल जल पान किया।
सरिता की कल-कल लहरों में, एक साथ स्नान किया।
जाने कौन मंथरा ने यह, भेदभाव की बात बताई।
अपनी शक्ल बदलकर बन गए, हिन्दू, मुस्लिम, सिख, ईसाई।

एक ईंट सीमेंट से बनते, मन्दिर, मस्जिद और गुरुद्वारे।
एक ही छत एक ही दीवारें, एक ही जैसे गलियारे।
एक ही छाया में सब अपने, दिल की तपन बुझाते।
एक ही आग और पानी से, भोजन अपना सभी बनाते।
दरवाज़े से बाहर निकले, दी दुनिया रंगीन दिखाई।
अपनी शक्ल बदलकर बन गए, हिन्दू, मुस्लिम, सिख, ईसाई।

अपने पिता के हत्यारे ये, अपनी माँ के सौदागर।
अपने आँगन के हिस्से कर, घर में रहते हैं छुप-छुपकर।
भाई को गाली देते हैं, बहनों से रिश्ता तोड़ रहे।
अपने देश में रहकर भी, परदेश से नाता जोड़ रहे।
माँ का बहता ख़ून देख भी, अब तक इनको लाज न आई।
अपनी शक्ल बदलकर बन गए, हिन्दू, मुस्लिम, सिख, ईसाई।

अब तो सीखो क़ुदरत से ही, तुम एकता की परिभाषा।
अल्ला, जोज़फ़, राम, गुरु, सब बोल गए एकता की भाषा।
सूरज देता धूप एक सा, चाँद एक सी शीतलता।
मेघ बरसते सब पर एक सा, एक सी हवा की चँचलता।
एकता की यह मिसाल हो गई, जब गणपति जी ने ईद मनाई।
अपनी शक्ल बदलकर बन गए, हिन्दू, मुस्लिम, सिख, ईसाई।

राज़े-मोहब्बत

राज़े-मोहब्बत खोल दिया है, एक पहेली ने।
होठों के भीतर मुस्काकर, तेरी सहेली ने॥

शर्मो-हया के परदे, अब तो खुल ही गए।
नज़रें झुकाकर रहते हैं, हम ऊँची हवेली में।

राज़े-मोहब्बत खोल दिया है, एक पहेली ने॥

अब तो मोहब्बत करना भी, दुश्वार किया।
पलकों से सब राज़ बताकर, नई नवेली ने।

राज़े-मोहब्बत खोल दिया है, एक पहेली ने॥

छुपा के रखा था, वर्षों से याराना।
चर्चा मेरा आम कर दिया, उस एक अकेली ने।

राज़े-मोहब्बत खोल दिया है, एक पहेली ने॥

नज़रों का मिलना, शर्माना छूट गया।
दाँतों में पल्लू को दबाया, जब अलबेली ने।

राज़े-मोहब्बत खोल दिया है, एक पहेली ने॥

ला-जवाब हुस्न

कभी तो चाँद, कभी तुम गुलाब लगती हो।
कभी मोहब्बत की खुली सी, किताब लगती हो॥
न जाने कितना नशा है, तुम्हारी आँखों में।
कभी प्याले से छलकती, शराब लगती हो॥

घटाएँ देख के, ज़ुल्फ़ों को शर्म खाती है।
अदाएँ देख के, कलियाँ भी सिमट जाती है॥
बहारें आती है, चेहरे की चमक देख के ही।
तुम तो क़ुदरत से भी, लाजवाब लगती हो॥

तन की ख़ुशबू से, हवाएँ भी महक जाती हैं।
चाल ऐसी है कि, हिरनी भी बहक जाती है॥
देखकर हुस्न ये, परियों को जलन होने लगी।
तुम तो धरती पर भी, जन्नत का ख़्वाब लगती हो॥

तुम हो अरमान, जवानी का कोई नूर हो।
तुम दिल में रहते हुए, नज़रों से बहुत दूर हो॥
तुम कोई ख़्वाब हो, रहती हो खुली पलकों में।
या शबनमी बूँदों से भीगा शबाब लगती हो॥

मानवता का पतन

क्यों दहशत की दीवारों पर, गीत अमन के लिखते हो।
कव्वे जैसी नीयत लेकर, श्वेत कबूतर दिखते हो।

छीन रहे सुख चैन छीनते हो, ख़ुशहाली भारत की।
ख़ून की होली खेल रहे हो, छीन दिवाली भारत की।

चारों ओर धुएँ का आलम, ख़ामोशी है गलियों में।
फूलों से आँसू बहते हैं, और उदासी कलियों में।

डरती है पाँवों की पायल, डरती ममता बाहों में।
किसी के सपने बिखर गए, लूट रही जवानी राहों में।

सत्ता की नीलामी में, इज़्ज़त का सौदा करते हो।
मानव का तन पाकर भी, कुत्तों की मौतें मरते हो।

कभी हवाला, कभी घोटाला, ये सब खेल तुम्हारे हैं।
भ्रष्टाचारी परम्परा के, ये तो एक नज़ारे हैं।

अपने स्वार्थी दाँव पेच से, सब सुविधाएँ लेते हो।
जिनसे तुमको हँसी मिली है, उन्हीं को आँसू देते हो।

जाति धर्म का भेद बताकर, मानवता को बाँट रहे।
जैसे पेड़ की डाल में बैठे, डाल पेड़ से काट रहे।

हथियारों की होड़ लगाकर, क्या बलशाली बन पाओगे।
एक दिन इनकी ज्वाला में, ख़ुद भी तो जल जाओगे।

सौदेबाज़ी के चक्कर में, संस्कृति भी नीलाम किया।
मर्यादा में पनप रही थी, उसको खुलेआम किया।

आख़िर कब तक मानवता के साथ, खेलते जाओगे।
एक दिन भारतवासी तुम, फिर पराधीन कहलाओगे।

बीते कल की गाथायें हम, आज शान से गाते हैं।
बिना परिश्रम की दौलत पर, हम ये जश्न मनाते हैं।

आज हमारी करतूतों की गाथा, कल जो गाएगा।
सच कहता हूँ गाने वाला, शर्म से ही मर जाएगा।

नसीहत

रुख़ हवाओं का पल में बदल जाएगा,
अपनी ज़ुल्फ़ों में बंदिश लगाया करो।
तुम ज़माने की नज़रों से अंजान हो,
शाम ढलते यूँ छत पर न जाया करो।

नूर चेहरे का जब देखता आईना,
करके तारीफ़ तुमको रिझाता रहा।
एक भँवरा समझकर कली होंठ को,
रात-दिन झूमकर गुनगुनाता रहा।
चाँदनी देखकर चाँद हैरान है,
अपना गोरा बदन मत दिखाया करो।

उम्र नाज़ुक है कुछ तो संभल कर चलो,
ये जवानी कहीं भी फिसल जाएगी।
हर अदा हुस्न की ख़ुद गुनहगार है,
ज़िन्दगी ठोकरों में बदल जाएगी।
तोड़कर हर कली को मसलते हैं ये,
फूल बनने तक इसको बचाया करो।

इन आँखों की गहरी सी इस झील में,
जाने कितने ही डुबकी लगाते रहे।
तन के गुलशन में खिलते हुए फूल से,
भँवरे आवारा ख़ुशबू चुराते रहे।
लग न जाए नज़र बचके रहना ज़रा,
रूप को इस क़दर मत सजाया करो।

ये जवानी तो दो दिन की मेहमान है,
ज़िन्दगी के सफ़र की ये सोपान है।
रूप रंगों की दौलत दिखावा है सब,
तन की ख़ुशबू है जब तक कि ये जान है,
प्यार पूजा है रब की इबादत है ये,
प्यार को मत नुमाइश बनाया करो।

ग़ज़ल

ख़्वाबों में श्रृंगार सजाकर लाया हूँ
मैं दिल को उपहार बनाकर लाया हूँ

मेरे सपने केवल सपने रह जाते
सपनों को संसार दिखाकर लाया हूँ

ख़ुशबू जिनकी आती-जाती साँसों में
मैं उनसे मन को महकाकर लाया हूँ

चाँद के जैसा रौशन उनका चेहरा
नज़रों से हर बार बचाकर लाया हूँ

हरदम उनके होने का एहसास रहा
क़िस्मत में ही साथ लिखा कर लाया हूँ

गुल गुलशन गुलज़ार हो गया है अपना
सावन की बौछार उड़ाकर लाया हूँ

जीवन के सारे रिश्ते-नाते जुड़ पाए
चुन फूलों का हार बनाकर लाया हूँ

दोस्ती

दिल से दिल का प्यार, निभाना पड़ता है।
यारी में ख़ुद को भी, मिटाना पड़ता है।

ख़ून के रिश्तों से भी, गहरा रिश्ता है।
भावों को स्वच्छंद, बनाना पड़ता है।

दोस्ती में कई बार, ख़ताएँ होती है।
फिर अपने दिल को, समझाना पड़ता है।

बचपन हो या बुढ़ापा, कोई फ़र्क़ नहीं।
हरदम ज़िन्दादिली, दिखाना पड़ता है।

दोस्ती सीखो यारों, कृष्ण-सुदामा से।
दोस्ती में सम्मान, लुटाना पड़ता है।

तेल, दीया और बाती, जैसे यार बनो।
नेकी में ख़ुद को भी, जलाना पड़ता है।

दोस्ती देखी हमने, नदी किनारों की।
यार की यारी में, कट जाना पड़ता है।

दोस्त वतन से, यारी करके तो देखो।
जान गँवाकर, क़र्ज़ चुकाना पड़ता है।

कुत्ते की व्यथा

आज इन्सानियत दुनिया से, दूर हो गई है।
ग़द्दारी और मक्कारी, इन्साँ में भरपूर हो गई है।
अपने स्वार्थ के लिए लोग, क्या-क्या नहीं करते।
क़ानून से क्या, ये भगवान से भी नहीं डरते।
दूसरों की रोटी छीनने, में ही लगे रहते हैं।
फिर भी लोग, कुत्ता हमें कहते हैं।

इनके कारनामों से हमारी, जाति बदनाम हो गई।
हमारी रही-सही, इज़्ज़त भी नीलाम हो गई।
वफ़ादारी का पाठ तो, इन्सान को हमने पढ़ाया।
इनका काम कर, इनका रेप्यूटेशन बढ़ाया।
इनकी रक्षा में हम, गर्मी, सर्दी और बरसात सहते हैं।
फिर भी लोग, कुत्ता हमें कहते हैं।

हमारे दम पर ही, भारत का पुलिस विभाग चलता है।
धरती पर छिपा बम, हमारे इशारों से ही निकलता है।
हमारी एक आवाज़ से, अपराधी भाग जाते हैं।
अगर दाँत लगाया तो, लोग पानी माँग जाते हैं।
अपने मालिक के दुःख पर, हमारे आँसू बहते हैं।
फिर भी लोग, कुत्ता हमें कहते हैं।

हमने भारत का सम्बन्ध, अन्तर्राष्ट्रीयता से जोड़ा है।
भारतीय सभ्यता को, पश्चिम की ओर मोड़ा है।
हमारे दांपत्य सम्बन्धों का, असर युवा पीढ़ी में दिखता है।
इसीलिए हमारे देश में भी, आजकल विदेशी बिकता है।
आज हम अमीर महिलाओं की, गोद में रहते हैं।
फिर भी लोग कुत्ता हमें कहते हैं।

हमने अपनी आधी उम्र भी, इन्हें दे डाली।
हमने इन्हें सौंप दी, अपने भोजन की थाली।
इनके एक टुकड़े से, हम अपना गुज़ारा करते हैं।
अपना क्या बच्चों का भी, भविष्य सँवारा करते हैं।
हम दर-दर भटकते हैं, ये मज़े में रहते हैं।
फिर भी लोग, कुत्ता हमें कहते हैं।

गाँव की याद

आज अचानक याद आ गया, पैंतीस साल पुराना गाँव।
खेतों पर फैली हरियाली, और दरवाज़े पर नीम की छाँव।

दूध दही से सज जाती, हरदम भोजन की थाली।
दरवाज़े पर जलता दीपक, जैसे हर दिन हो दिवाली।
सुबह शाम चरवाहे चलते, गाय बैल ले संग।
होली में फगवारे फिरते, चढ़ती भंग तरंग।

माता-पिता और बड़े जनों के, हम सब छूते पाँव।
आज अचानक याद आ गया, पैंतीस साल पुराना गाँव।

त्यौहारों में सब मिल-जुलकर, करते ख़ूब ठिठोली।
माता बहनें सजा के रखती, गोबर की रंगोली।
लेकर पाटी बस्ता चलते, पढ़ने गाँव के बच्चे।
आदत में शैतानी रहती, पर होते दिल के सच्चे।

आम डाल पर झूले पड़ते, गड्ढों में काग़ज़ की नाव।
आज अचानक याद आ गया, पैंतीस साल पुराना गाँव।

गीली मिट्टी से बन जाते, हाथी, भालू, बन्दर।
बाँध के पानी में तैराकी, हो जैसे कोई समन्दर।
फागुन में बारिश होती, और पड़ते साथ में ओले।
बड़े चाव से खाते उनको, ज्यों रंगीन बर्फ़ के गोले।

नँगे पाँव निमंत्रण खाते, जाकर घरी, मोहरबा, साँव।
आज अचानक याद आ गया, पैंतीस साल पुराना गाँव।

कई महीनों में जब होता, रिश्तेदारों के घर जाना।
बदल-बदल कर कपड़े मिलते, मीठा-मीठा खाना।
डंडे वाली साइकिल में बैठते, हम आगे पीछे तीन।
चैन उतर जाती जब उसकी, कपड़े होते रंगीन।

नेता रात-रात घर आते, जब आता कभी चुनाव।
आज अचानक याद आ गया, पैंतीस साल पुराना गाँव।

दाल का कमाल

एक दिन पत्नी ने पति से कहा, क्या इस माह दाल नहीं लाओगे।
पति ग़ुस्से से झल्लाकर बोला, तुम मुझे जेल भिजवाओगे।
तुम्हें मालूम नहीं कि दाल के, भाव आसमान पर चढ़ रहे हैं।
दाल ख़रीदने वालों के घर, इन्कम टैक्स के छापे पड़ रहे हैं।

दाल खाने के दिन तो अब, सपनों से दिख रहे हैं।
दाल से सस्ते तो आजकल, बकरे बिक रहे हैं।
हमेशा दाल खाना है तो, दो नम्बर का माल कमाइए।
पाँच किलो दाल ख़रीदना हो, तो पेनकार्ड साथ ले जाइए।

अब हम रोटी और चावल के, पहले दाल नहीं लगाते हैं।
बच्चों को नमक में खाने की, उपयोगिता बताते हैं।
छोटे बच्चों को दाल के पानी की जगह, मटन सूप की आदत डालो।
मरीज़ों को दाल का पानी, डॉक्टर का प्रिसक्रिप्शन भी बदल डालो।

दाल तो अब अमीरी, सीमा रेखा बन गई है।
दाल खाने की ज़िद में, माँ-बेटे में ठन गई है।
उसे क्या मालूम कि, दाल न बनाना उसकी मजबूरी है।
दाल व भगवान में बस जरा-सी दूरी है।

सीख

मंज़िल नज़दीक है दो चार क़दम चल कर देखो।
मन के अँधियारों से कभी दूर निकल कर देखो॥
क़ुदरत ने दिए दो पैर तुम्हें चलने के लिए।
अपने पैरों से ख़ुद आप संभलकर देखो॥

एक गुलशन ये जहाँ फूल खिले हैं इसमें।
फूलों के साथ ही काँटे भी मिले हैं इसमें॥
फूल काँटों से ही मिलकर है महकता गुलशन।
फूल काँटों की यही रीति अमल कर देखो॥

ख़ुद भी जीते हो तो औरों को भी जी लेने दो।
सुख और दुःख का ये जाम भी पी लेने दो॥
ज़िन्दगी नाम है औरों को ख़ुशी देने का।
कभी बहते हुए अश्कों से पिघल कर देखो॥

ज़िन्दगी जीते हो ख़्वाबों का सहारा लेकर।
मौत आएगी तुम्हें चंद इशारा देकर॥
याद रह जाएँगे दुनिया को तुम्हारे क़िस्से।
मौत को भी कभी जीवन में बदल कर देखो॥

प्रजातंत्र

भ्रमित हो रही देख धरा की, चकाचौंध तस्वीरों को।
किसी के जलते घर आँगन को, किसी की सजती तक़दीरों को।
भटक रही है डगर-डगर में, पूछ रही है जन-जन से।
कभी बैठ एकांत छाँव में, प्रश्नोत्तर करती मन से।

सुबह हुई तो शाम न आई, शाम हुई तो रात नहीं।
आज नहीं पहचान किसी को, सीधे मुँह की बात नहीं।
लूटता रहा प्रेम राहों में, सूख गया भावों का सागर।
बूँद-बूँद को तड़प रहा है, तजकर आज छलकती गागर।

आज पेट की ज्वाला का भी, समाधान तक शेष नहीं।
गर्भ में मिल गई मानवता, कहीं सूक्ष्म अवशेष नहीं।
दिनभर कठिन परिश्रम से, एक रोटी मिल पाई जबतक।
बे-दर्द स्वान दल टूट पड़ा, और छीन लिया आकर तब तक।

वह बिलख-बिलख कर पूछ रही थी,
क्या? इस दुःख का भी कोई मंत्र है।
तभी किसी ने आकर कह दिया, यह मत पूछो यह प्रजातंत्र है।
इस प्रजातंत्र में तो अक्सर, ऐसा ही होता आया है।
मेहनतकश की रोटी तो, कुत्तों ने ही खाया है।

अगर चाहिए रोटी तुमको तो, कुत्तों के नेता बन जाओ।
दिन-भर घूमो नेता बनकर, रातों को डाके डलवाओ।
नेता बन जाओगे तुम, तो चमचों का भी साथ मिलेगा।
वही बनेंगे मतदाता, उनका भी घर-बार चलेगा।

बहती गंगा में तुम भी, अपने हाथों को धो लोगे।
आसमान में उड़ोगे हरदम, प्रजातंत्र की जय बोलोगे।

माँ गंगा

जीवन पावन हो गया, कर गंगाजल पान।
मोक्षदायिनी मोक्ष दो, भव में भटके प्राण।

भागीरथ ने तप किया, हुआ गंगा अवतार।
धरती पर अपमान से, बढ़ता कोप अपार।

रूप विनाशक देख कर, जग में हाहाकार।
प्रलय से अब रक्षा कर करो, नंदी के असवार।

शिव ने हाहाकार सुन, दिया जटा फैलाए।
शांत किया सब कोप फिर, लीन्हीं जटा समाए।

भागीरथ चिंतित हुए, तप हो गया बे-कार।
शिवजी की आराधना, हो इतना उपकार।

शिव ने जब विनती सुनी, दीन्ही जटा निचोड़।
गंगा जी चली प्रकट हो, धरती पर्वत तोड़।

ऋषिकेश दर्शन किया, हरिद्वार पुण्य धाम।
प्रयाग राज संगम सुखद, जीवन पूर्णविराम।

गंगा, यमुना, सरस्वती, मेल अमूर्त अनूप।
पतित पावनी शीतला, निर्मल उज्जवल रूप।

शिव की कर आराधना, पाया अमर प्रताप।
विश्वनाथ पूजे जगत, मिटे रोग संताप।

बार-बार विनती करूँ, माँ पद शीष नवाय।
अंतिम क्षण दो बूँद से, ये पापी तर जाए।

ज़िन्दगी से मुलाक़ात

आज अचानक ज़िन्दगी से, मुलाक़ात हो गई।
हँसे खिलखिलाए और, मन की बात हो गई।

हमने कहा तुम भी अजीब हो, क्या-क्या रूप लेती हो।
तुम कहाँ रहती हो और, कहाँ का पता देती हो।

वह कहने लगी मेरे दोस्त, मेरे कई रुप है।
कभी रात की चाँदनी, तो कभी खिलती धूप है।

मुझे समझ पाना, सबके बस की बात नहीं है।
अपने बस में कर ले, सबकी औक़ात नहीं है।

मैं यूँ ही सपने दिखाकर, सबको रिझाती हूँ।
किसी को मायूसी की, चादर में सुलाती हूँ।

कोई मुझे ईमानदार तो, कोई बेईमान समझता है।
कोई अक़्लमंद तो, कोई नादान समझता है।

मैं आलीशान महलों से, झोपड़ीयों तक निवास करती हूँ।
सबकी ईमानदारी और, आस्था पर विश्वास करती हूँ।

बस मुझे दर्द इस बात का
है, कि लोग मुझे खिलते ही तोड़ देते हैं।
मेरे बचपन का रिश्ता, हैवानियत से जोड़ देते हैं।

पर्यावरण की घात

हम हैं जग के जीवनदाता, हमसे है इस जग की साँस।
दुनिया की मनमोहक छवि है, ख़ुशहाली का भी एहसास।

कभी बरसते बादल बन, कभी धूप कभी शीतल छाँव।
सावन के झूले कभी पड़ते, किलकारी संग नन्हे पाँव।

बचपन और खिला यौवन, रंगीन कहानी पल पल की।
बन बसंत ख़ुशबू उड़ती, फैली हरियाली मखमल सी।

मेरी ख़ुशियाँ अभिशाप बनी, बन बैठा ये जग हत्यारा।
तन पर मेरे चलती आरी, बहती तब अश्कों की धारा।

घूँट ज़हर का पी जाता हूँ, मैं इनकी ख़ुशियों त्यौहारों में।
मेरा जीवन मिटता रहता, केवल इनकी रफ़्तारों में।

धरती से लेकर आसमान, सब कुछ ही छूने के सपने।
बारूदी विस्फोटों से करते, नष्ट हृदय फेफड़े अपने।

धरती पर आने वाला प्राणी, पहले ही विकलांग हो गया।
अभी-अभी बातें करता था, पल में गहरी नींद सो गया।

अगर यही खिलवाड़ रहा, जीवन चक्र न चल पाएगा।
अन्धकार से निकला जीवन, अन्धकार में ही मिल जाएगा।

श्री राम

उर धरि छवि रघुकुल तिलक, श्यामल रूप सुजान।
पीत वसन उज्ज्वल नयन, सहज अलौकिक ज्ञान।

मात कौसिल्या केकयी, सुमित्रा हिय अनुराग।
दशरथ तात शिरोमणि, भ्रात भरत वैराग।

अनुज लखन निज प्राण प्रिय, शत्रुघ्न धीर गंभीर।
गुरु वशिष्ठ आश्रम सुलभ, धरि-धरि मनुज शरीर।

धनुष यज्ञ रचा जनक ने, भूपहि आग्रह कीन।
राम लखन गुरुवर सहित, यज्ञ आमंत्रण लीन।

शिव धनुहीं खंडन किया, रच सिय संग विवाह।
भरत लखन शत्रुघ्न संग, तीन कुँवारी ब्याह।

नव वधुओं का आगमन, अवध आनंद अपार।
दशरथ तीनों रानियाँ, दारा संग सुत चार।

राजतिलक घोषित हुआ, सकल सुमंगल आज।
केकयी मति पर गिरी, कुटिल कुबुद्धि की गाज।

माता-पिता की आज्ञा, त्याग राज दरबार।
वनवासी का वेश धरि, कीन्हा वन परिसार।

राम लखन बन को चले, संग सीय सुकुमार।
अरि की यास कठोर डग, चौदह बरस अपार।

सीता को हर ले गया, रावण कपटी नीच।
राम लखन व्याकुल फिरत, अंसुअन जल मग सींच।

अंगद हनु समेत कवि, जामवंत सुग्रीव।
सत योजन सागर करे, पार संग कपि ग्रीव।

करि विनाश रावण सकल, दियो विभीषण ताज।
अटल सती सीता सहित, लीन अवध का राज।

भव तारक भव में फँसे, कैसा मायाजाल।
होनी को होनी डसे, खाए काल को काल।

धरा पाप से मुक्ति हित, राम लिए अवतार।
मानव तन धरि करि गयो, लीला अपरंपार।

राम-नाम जिह्वा बसे, उर धरि मूरत राम।
अन्तकाल भज ले मना, राम-राम श्री राम।

माटी (दोहा)

काश मिली होती मुझे, माटी की तक़दीर।
माथे का चंदन होता, पुजता बन तस्वीर।

मेरे सीने में बिछी, शीतलता की छाँव।
फूलों से कोमल पड़ते, नन्हे नन्हे पाँव।

नमन सभी करते सुबह, पाँव धरत कर जोर।
ख़ुशियाँ पाकर झूमते, पल्लव, तीतर, मोर।

त्याग, तप, व्रत, साधना, पूजन व त्यौहार।
ऋषियों के दर्शन सुलभ, जीवन का उपहार।

फ़सल उगा कर पालता, अपना घर परिवार।
माँ अन्नपूर्णा की सदा, होती जय जयकार।

भारत के रणबाँकुरे, देते मुझ पर जान।
पुण्य कमाते लोग सब, कर कर गंगा स्नान।

बहता नस नस में सदा, पावन शीतल नीर।
प्यास बुझे हर पथिक की, मिटती जन की पीर।

थलचर नभचर जीव सब, होते निशदिन शाम।
थकन मिटा कर प्रेम से, पहरों करते विश्राम।

गीली माटी चाक रख, रचता कुम्भ कुम्हार।
माटी के ही दीप से, दीवाली त्यौहार।

मेरी अभिलाषा यही, जन्म दुबारा पाय।
माटी का तन फिर, इसी माटी में मिल जाए।

एकता

जाति धर्म मज़हब से बढ़कर, मानवता त्यौहार बने।
इन्सानी चेहरों से द्वेष मिटे, दिल से दिल का उपहार बने।
सौहार्द प्रेम भाईचारा, हर आँगन में ख़ुशहाली हो।
साथ साथ ख़ुशियाँ बाँटे, फिर ईद हो या दिवाली हो।

कोई भेद नहीं होता जब, गीता और क़ुरान में।
आपस का फ़र्क़ नहीं देखा, जब राम और रहमान में।
एक रिश्ते का संबोधन हो, प्यार की रीति निराली हो।
साथ साथ ख़ुशियाँ बाँटे, फिर ईद हो या दिवाली हो।

ईद और दीवाली दोनों, एक जैसे पर्व मिठास के।
आपस में भाईचारा, सद्भाव और विश्वास के।
हर घर में गूँज अज़ान की, हर घर पूजा की थाली हो।
साथ साथ ख़ुशियाँ बाँटे, फिर ईद हो या दिवाली हो।

पैदा होने में भेद नहीं, मरने के बाद नहीं होता।
जीवन जीते हैं मिलजुल कर, आपसी परिवाद नहीं होता।
एक दूजे से गले मिले, प्यार भरी एक गाली हो।
साथ साथ ख़ुशियाँ बाँटे, फिर ईद हो या दिवाली हो।

सुकून के पल

मैं आज फिर से मुस्कुराना चाहता हूँ।
ग़म सभी अपने भुलाना चाहता हूँ।
इस ज़माने ने दिए हैं ज़ख़्म जितने।
उन पर अब मरहम लगाना चाहता हूँ।

बेरुखी ख़ुद से करूँ या इस ज़माने से।
ज़िन्दगी कट जाएगी बस मुस्कुराने से।
वक़्त भर देता है कितने ज़ख़्म गहरे।
मैं इन्सानियत का हक़ निभाना चाहता हूँ।

शाख़ पेड़ों से अलग है ये हवाओं की है ख़ता।
क़ुसूर किसका कितना है ये मौसम को है पता।
दूसरों की ग़लतियाँ खोजा किए हम उम्रभर।
बैठकर अब छाँव में दो पल बिताना चाहता हूँ।

हर शख़्स रह जाता है बस तारीख़ बनकर।
राह में कितना चले कोई संभल कर।
गुमराह कर देती है बुलन्दी इन्सान को।
बस इतना ही दिल को समझाना चाहता हूँ।

ज़िन्दगी को राह देती है तक़दीर अपनी।
मंज़िलों पर बस मिलेगी तस्वीर अपनी।
जुगनुओं से रौशन नहीं होता है ये जहाँ।
हर दिल में एक दीपक जलाना चाहता हूँ।

राहें

राहें मौन खड़ी रहती हैं, कितने ही युग आते हैं।
कभी निकलती डोली इनसे, कभी जनाज़े जाते हैं।

सबकी याद संजोये दिल में, मायूस ज़िन्दगी जीती है।
दो पल ख़ुशी मिली तो क्या, घूँट ज़हर का पीती है।

अत्याचारों को सह डाला, इनने अपनी छाती में।
कभी खिली थी सुख की कलियाँ, इनकी पावन माटी में।

वीरों की सेनाएँ देखी, जोश और उल्लासों की।
कई तड़पते जीवन देखें, होली देखी लाशों की।

भारत की आज़ादी देखो, नेताओं की क़ुर्बानी।
सेजों को मुरझाते देखा, अबला की आँखो का पानी।

मगर आज जो देख रही है, सपनों का संसार यहाँ।
रिश्तो की टूटी दीवारें, इज़्ज़त का व्यापार यहाँ।

आज़ादी को बिकते देखा, सत्ता के बाज़ारों में।
लाखों की संपत्ति पचाते, नेता यहाँ इशारों में।

उच्च पदों की गरिमा का भी, मापदण्ड अब पैसा है।
अपना भाई दुश्मन बन गया, दुश्मन भाई जैसा है।

मन में सोच रही है अपने, कब तक बोझ उठाएँगे।
बिक जायेंगे एक दिन फिर से, पराधीन कहलाएँगे।

अनचाहा प्यार

हमारे दिल को हँसा के एक दिन रुलाओगे ये पता नहीं था।
वफ़ा के बदले में बे-वफ़ाई निभाओगे ये पता नहीं था।

कोई तमन्ना न मेरे दिल में न आरज़ू कोई ज़िन्दगी की।
दिखा के मुझको हसीन सपना जगाओगे ये पता नहीं था।

हमारे दिल को हँसा के एक दिन रुलाओगे ये पता नहीं था।

कभी न सोचा कभी न चाहा मगर न जाने असर हुआ क्या।
नज़र की राहों से आ के दिल में समाओगे ये पता नहीं था।

हमारे दिल को हँसा के एक दिन रुलाओगे ये पता नहीं था।

सितम तुम्हारे मैं सब सहूँगा मगर घटेगा न प्यार दिल का।
हमारी कश्ती डूबा के एक दिन जाओगे ये पता नहीं था।

हमारे दिल को हँसा के एक दिन रुलाओगे ये पता नहीं था।

मैं बे-ख़बर था दर्दे-दिल से तेरी वफ़ा ने रुला दिया है।
जिगर में मेरे चला के ख़ंजर मुस्कुराओगे ये पता नहीं था।

हमारे दिल को हँसा के एक दिन रुलाओगे पता नहीं था।

लबों पर मेरे न आ सके जो वो शब्द आँसू बनके बरसे।
मेरे ही अश्कों से गीत लिखकर गुनगुनाओगे पता नहीं था।

हमारे दिल को हँसा के एक दिन रुलाओगे ये पता नहीं था।

क़ौमी एकता

दिवाली में "अली" बसे, "राम" रहे रमज़ान में।
ऐसा क़ौमी भाईचारा, बस मेरे हिन्दुस्तान में।

एक पिता की सन्ताने सब,एक ही माँ की ममता पाई।
शक्ल बदलकर बन बैठे, हिन्दू, मुस्लिम, सिख, ईसाई।

एक रंग का ख़ून मिला, हिन्दू और मुसलमान में।
ऐसा क़ौमी भाईचारा, बस मेरे हिन्दुस्तान में।

एक ईंट सीमेंट से बनते, मन्दिर मस्जिद गुरुद्वारे।
सुनता कोई गुरुवाणी, कोई अल्लाह राम पुकारे।

एक सी श्रद्धा भक्ति होती, आरती और अज़ान में।
ऐसा क़ौमी भाईचारा, बस मेरे हिन्दुस्तान में।

सूरज, चाँद, हवा, पानी, सब एक जैसा व्यवहार करें।
बीमारी में औषधियां भी, एक जैसा उपचार करें।

एक सियासी ज़हर घुल गया, इस भोले इन्सान में।
ऐसा क़ौमी भाईचारा, बस मेरे हिन्दुस्तान में।

अगर कहीं मैं नेता होता

जन-जन में जयकार गूँजती, जगह-जगह अभिनंदन होता।
फूलों की मालाएँ होती, कोटि करों का वंदन होता।
साथ हमारे टोली होती, बंदूक़ों में गोली होती।
चैन से अपने घर में सोता, अगर कहीं मैं नेता होता।

प्रजातंत्र का रक्षक होता, जनता का अपना कहलाता।
शासन करना मक़सद होता, भारत का सपना कहलाता।
आसमान से बातें होती, सपनों की बारातें होती।
हाथों में गुलदस्ता होता, अगर कहीं मैं नेता होता।

काग़ज़ में रोडें बन जाती, नक़्शों में बिल्डिंग तन जाती।
शासन की सारी सुविधाएँ, अपने अपनों में बँट जाती।
दौलत अपनी बेटी होती, नोटों की एक पेटी होती।
रंगों में हर शाम डूबोता, अगर कहीं मैं नेता होता।

जनता का नेता कहलाता, पास हमारे कुर्सी होती।
एक-एक दिन मैं ख़ुश होता, जीवन भर यह जनता रोती।
किसी के तन पर धोती होती, किसी की बच्ची भूखी सोती।
मैं अपने सुख चैन संजोता, अगर कहीं मैं नेता होता।

अय्याशी की रातें होती, वादों की बरसातें होती।
ख़ुशहाली का जीवन जीता, क़ुदरत की सौग़ातें होती।
पाँच साल में मुँह दिखलाता, फिर भी जनता अपनी होती।
नौकर, गाड़ी, बंगला होता, अगर कहीं मैं नेता होता।

कोरोना चालीसा

दोहा:

जग व्याकुल विक्षिप्त नर। बंद जगत व्यवहार॥
सर्दी, खाँसी, छींक, संग। करे कंठ पर वार॥

चौपाई:

कोरोना की अजब कहानी। दीन्हिस चीन सकल जग जानी॥
विश्व विनाश युक्ति अपनावा। बुरा सोचकर ख़ुद दुःख पावा॥
आँखिन से कोए देखि न पावा। क्षण में हाहाकार मचावा॥
बालक वृद्ध और नर-नारी। अंत:पुर सिमटे भयहारी॥
डरहिं मिलाप करत सम्माना। दूरहिं से करिहों परनामा॥
पुनि अछूत व्यवहार निभावा। मीटर भर अन्तर सब भावा॥
बाहर निकसत भय हिय माँही। बीमारी संग दण्ड टिकाहीं॥
बार-बार कर धोय नहावा। कोरोना तब निकट न आवा॥
राजाज्ञा राखहुं सिर धारी। कबहुं न कोऊँ होहि दुःखारी॥
मंत्र सकल जन कहूँ संभावा। रोग मिटहिं तब प्रति बनावा॥
सेवत सकल महान विभूति। क्रोध, लोभ, मद, मोह अछूती॥
विजयी जग हारहिं कोरोना। सकल विश्व विश्वास संजोना॥
खान-पान-मद तापस रहहीं। लौंग, कपूर, साथ धरि चलहीं॥
महायज्ञ आहुतिहिं चढ़ावा। सकल मनोरथ पूरन पावा॥
सब मिलि यह संकल्प उठावहि। फिरि कै चीन जीअत नहिं पावहिं॥
मानवता कै रिपु यह भारी। आजीवन फिर रहहिं दुःखारी॥

दोहा:

करिहहुं सब संकल्प मिलि। छाड़ि भावना हीन॥
संकट बेगहिं दूर करि। मानस सफल प्रवीन॥

जीने की चाह

इच्छा है दो पल जीने की, पर वक़्त नहीं मिल पाता है।
यह समय चक्र अविरल गति से, बस यूँ ही चलता जाता है।

एक दिन सोचा रुक कर देखूँ, इन बाग़ों की हरियाली को।
पर्वत की ऊँची चोटी पर, फूलों से झुकती डाली को।
सरिता की चँचल लहरों में, ढलते सूरज की लाली को।
मातृत्व भाव से सेवारत, बगिया के उस माली को।

बस एक हवा के झोंके से, मन का दीपक बुझ जाता है।
इच्छा है दो पल जीने की, पर वक़्त नहीं मिल पाता है।

आज नहीं तो कल होगा, यह सोच के मैं सो जाता हूँ।
सुबह सुनहरी किरणों की, चमक में फिर खो जाता हूँ।
दिनभर की इस भागदौड़ से, मैं हताश हो जाता हूँ।
कभी याद कर अपनेपन को, मन ही मन रो जाता हूँ।

सफ़र उम्र का चलते चलते, यूँ ही एक दिन रुक जाता है।
इच्छा है दो पल जीने की, पर वक़्त नहीं मिल पाता है।

जाने कब साँसे रुक जाए, जाने कब वक़्त बदल जाए।
इस जीवन की परिभाषा भी, कब अर्थहीन सी हो जाए।
दुनिया की सारी चकाचौंध, पल भर में धूमिल हो जाए।
हीरे सा तराशा यह शरीर, कब मिट्टी में मिल जाए।

वापस आने के डर से, यह मन इतना घबराता है।
इच्छा है दो पल जीने की, पर वक़्त नहीं मिल पाता है।

बदल गए

नज़रें बदल गईं, सब नज़ारे बदल गए।
सूरज की चाहत में, ये सितारे बदल गए।
अब कहाँ रही लहरों की, कल-कल छल-छल।
समन्दर की चाह में,नदी के किनारे बदल गए॥

इन्सान खो गया है, सतरंगी रौशनी में।
सुकून कहाँ मिलता, पूनम की चाँदनी में।
आसमाँ में उड़ने की, चाहत हुई कुछ ऐसी।
बुज़ुर्गों की उँगली के, सहारे बदल गए॥

खो रही है ज़िन्दगी, फ़ैशन की होड़ में।
चलने लगा है हर, कोई अनजाने मोड़ में।
जिस्मानी ख़्वाहिशों ने, रिश्ते भुला दिए।
प्रेम व मिलन की, वो इशारे बदल गए॥

रंग चढ गया कुछ, ऐसा सभी की जुबान पर।
हर वक़्त कट रहा है, चटपटी दुकान पर।
ज़िन्दगी को खो रहे हैं, हम शौक़ के लिए।
माँ के हाथों के, वो निवाले बदल गए॥

परिंदों के पर काट कर, घर घरौंदे बना लिए।
ज़मीं को छोड़ कर हम, आसमाँ सजा लिए।
सुनी है पेड़ की, टहनी घोंसले बिना।
तिनके को जोड़ने के, चारे बदल गए॥

तन को महकाते हैं, ख़ुशबू में नहाकर।
दीवारों को सजाते हैं, तस्वीर लगाकर।
पुरखों की तस्वीरें, अब कबाड़ में पड़ी है।
दिलदार क्या मिला, वो बेचारे बदल गए।

भाई नहीं रहा, भाईचारा नहीं रहा।
अपाहिज इन्सान का, सहारा नहीं रहा।
बहते हुए अश्कों में, बदबू है बदनसीबी की।
कल तक जो अपने थे, वो सारे बदल गए।

अनोखी होली

हर बार मनाते थे होली, इस बार अनोखी होली है।
वो रंगों की पिचकारी थी, और ये आतंकी गोली है।

रंगों से खिलता था यौवन, थी पवन बसंती मदमाती।
फागुन के फगवारे फिरते, गोरी की चुनरी लहराती।

अब तो सजती है अर्थी वो, पड़ी किनारे डोली है।
वो रंगों की पिचकारी थी, और ये आतंकी गोली है।

रंगभरी भंगो की होली, वो छेड़छाड़ वो हँसी ठिठोली।
अब तो भूल गई कोयल भी, बाग़ो में कू-कू की बोली।

अब कव्वों की काँव-काँव, और गधों की टोली है।
वो रंगों की पिचकारी थी, और ये आतंकी गोली है।

अब बचपन क़ैदी बन जाता, ममता बिलखती रह जाती।
आँचल से बहता अमृत, आँखों से धारा बह जाती।

मानवता का पतन और, क़ानून की आँख मिचोली है।
वो रंगों की पिचकारी थी, और ये आतंकी गोली है।

गालों पर खिलता था गुलाल, सतरंगी चुनर रंग जाती।
इंद्रधनुष सी सजकर गोरी, पलकों के भीतर शरमाती।

अब दहशत है पलकों में, धक-धक करती चोली है।
वो रंगों की पिचकारी थी, और ये आतंकी गोली है।

क़ुदरत का भाईचारा तो, आज तलक भी ज़िन्दा है।
इन्सानी बर्बादी को वो, देख देख शर्मिंदा है।

प्रेम और सद्भाव दिखाते, ईद, फ़्राइडे, होली है।
वो रंगों की पिचकारी थी, और ये आतंकी गोली है।

ये आँसू

जीवन के सबसे सच्चे, हमराह है ये आँसू।
वीरान ज़िन्दगी में बस, आह है ये आँसू।
नयनों के कलश से, दो बूँद बन के छलके।
सुख-दुःख सरिता के, प्रवाह है ये आँसू॥

ममता के आँचल में, सावन के बादल में।
बिरहन के काजल में, सुख सागर की हलचल में।
दिल में अनचाहे, मेहमान बनके टपके।
इन्सानियत के ऐसे, निर्वाह है ये आँसू॥

दुखिया की आहों में, साजन की बाहों में।
कविता की राहों में, निर्धन की निगाहों में।
आत्मा के छोर को, भावों में बाँधकर।
हर दम ही किया, करते आगाह है ये आँसू॥

दुल्हन की डोली में, कोयल की बोली में।
हर दुःख की होली में, अमीरों की गोली में।
अरमानों की दौलत को, लुटते हुए देखे।
और बंद ज़ुबाँ से कह दें, वो गवाह है ये आँसू॥

यादें

कभी बनके शीतल घनी छाँव सी,
कभी ख़ुशबुओं सी बिखरती रही।

कभी बनके मूरत कोई प्यार की,
एक कोमल कली सी निखरती रही।

एक तमन्ना थी दिल में कि मंज़िल मिले,
ख़ूबसूरत सितारों की महफ़िल मिले।
राह में चल पड़े थे जब भी हम प्यार के,
बनके मंज़िल सदा ही ठहरती रही।

चुराया है ये हुस्न क़ुदरत से ही,
जहाँ मैं अभी तक तो देखा नहीं।
मुँह छुपाता है ये आइना शर्म से,
ख़्वाब में जब किसी के सँवरती रही।

ज़ुल्फ़ काँधो पर ऐसी ठहर सी गई,
जैसे पर्वत पर काली घटा छा गई।
खो गए थे कभी ज़ुल्फ़ की छाँव में,
याद रह रह के मुझको सताती रही।

मानवता की हत्या

आख़िर कब तक चुप बैठूं मैं, क़लम को भी ख़ामोश कहूँ।
मानवता की हत्या का ये दर्द भी मैं, चुपचाप सहूँ।
ऐसी भी क्या मजबूरी है, दिल्ली के दरबारों की।
एक कुर्सी की क़ीमत में, लुटती है जान हज़ारों की॥

आँखों का पानी सूख गया, और दिल भावों से ख़ाली है।
देश में लपटें होली की, घर में मनती दिवाली है।
कब तक वीर जवानों का, यूँ लहू बहाते जाओगे।
सीने में भड़की ज्वाला तो, पल भर में मिट जाओगे॥

हमने अपना रक्षक समझा, बेबस और लाचारों को।
देश की कुर्सी सौंप दिया, धृतराष्ट्र से ओहदेदारों को।
देश की ताक़त को जिसने, असहाय बना कर छोड़ दिया।
अपनी जान की दुश्मन से भी, भाईचारा जोड़ लिया॥

हमले पर हमले सहते, लगती बे-कार जवानी है।
ऐसा लगता है मेरे तन में, ख़ून नहीं है पानी है।
एक कायर की कायरता, हम वीरों को ललकार रही।
छुप-छुप कर हमले करती, और निर्दोषों को मार रही॥

अगर कहीं इन हत्यारों ने, अपनी माँ का दूध पिया होता।
सीना तान कर इन वीरों के, सम्मुख वार किया होता।
चंद जवानों की हत्या कर, अपना पौरूष बतलाते हो।
अपनी कमज़ोरी का परिचय, तुम ख़ुद ही दे जाते हो॥

अगर कहीं हम अपनी, मर्यादा तोड़ के आगे आएँगे।
तुम को कीड़ों सा मसलकर, हम गटरों में भर जायेंगे।
निर्दोषों को मार के भी, क्या तुम बलशाली कहलाओगे।
जिस दिन सम्मुख आओगे, तुम भी तो मारे जाओगे॥

सिन्दूर से सूनी माँगों का, तुमको क़र्ज़ चुकाना होगा।
असहाय निरीहों के जीवन को, देख तुम्हें पछताना होगा।
जलती ज्वाला आज तुम्हें भी, बार-बार धिक्कार रही।
अश्कों से बहती धारा भी, बस एक ही नाम पुकार रही॥

ग़द्दारी और कायरता का इतिहास, लिखा ख़ुद हाथों से।
जीना मुश्किल हो जाएगा, सुनकर लोगों की बातों से।
आज देश की हर माता का, श्राप तुम्हें सहना होगा।
छोड़कर पाकिस्तान की धरती, तुम्हें क़ब्रों में रहना होगा॥

नशे का ज़हर

जीवन की अहमियत को मिटाता है ये नशा।
इन्सान को हैवान बनाता है ये नशा।
जो भी हुआ है इसका उसका न हो सका ये।
बरबादियों की राह दिखाता है ये नशा।

हर एक शराबी का अरमान है ये नशा।
पैसा हो जेब में तो भगवान है ये नशा।
घर को तबाह कर दे वो शैतान है ये नशा।
पीकर जो गिर गए तो शमशान है ये नशा।

ग़म को भुलाने का एक ऐसा तरीक़ा है यह।
रह-रह कर फिर याद दिलाता है ये नशा।

कभी तो रईसों की शान है ये नशा।
कभी तो समाज की आन है ये नशा।
कभी तो दोस्ती का पान है ये नशा।
कभी तो परिवार का अपमान है ये नशा।

जिस रूप में भी आया बर्बाद कर गया यह।
घर-घर में ऐसा क़हर ढाता है ये नशा।

वीरान ज़िन्दगी का तूफ़ान है ये नशा।
सन्मार्ग से वंचित हो यह ज्ञान है ये नशा।
नफ़रत के बीज बोए वो किसान है ये नशा।
जीवन में मिल सका ना वो सम्मान है ये नशा।

हँसते हुए घरों की मुस्कान छीन ले यह।
हँसने की जगह हरदम रुलाता है ये नशा।

प्यार की पहचान

सपनों की अनकही पहेली, या बहारों की सखी सहेली।
तुमको चाँद कहूँ तो फिर, चँदा को मैं क्या मानूँ।
मावस के अंधियारों में, एक बार दिखो तो जानूँ॥

मेरे ख़्वाबों में रहती हो, जाने तुम क्या-क्या कहती हो।
पलकों से आमंत्रण देती, मगर ज़ुबाँ से चुप रहती हो।
धूप की इस परछाई को, मैं कैसे अपना मानूँ।
अपनी हथेली पर मेहंदी से, मेरा नाम लिखो तो जानूँ॥

गालों पर लाली गुलाब की, होठों पर प्याली शराब की।
आँखों में है गहरा सागर, यौवन एक छलकती गागर।
तुमको ख़्वाब कहूँ या मैं, कोई हक़ीक़त मानूँ।
मेरा नाम ज़ुबाँ पर रख, अँगड़ाई लो तो जानूँ॥

यौवन पर इतराती क्यों हो, नज़रों से शरमाती क्यों हो।
दिल से दिल की दूरी है, तो फिर यादों में आती क्यों हो।
हर एक अदा को मैं, कैसे ख़ामोश इशारा मानूँ।
पनघट के गलियारों पर, चुपचाप मिलो तो जानूँ॥

प्यार का ये दस्तूर निभाना, पर्दे पर चेहरे को छिपाना।
दिल की धड़कन बता रही है, अपनों से नज़रों को बचाना।
साँसो की गहराई को, क्या दिल का तोहफ़ा मानूँ।
बाहों को फैलाकर तुम, एक बार खुलो तो जानूँ॥

ख़्याल

वो आए तो बाग़ों में बहारों की तरह,
मुस्कुराए तो कलियों में निखारों की तरह।
बस एक पलक ही झपकी थी,
वो दूर हो गए नदियों के किनारों की तरह।

मैं उलझन में रहा ये दिन है या रात है,
वो किसी की अमानत या क़ुदरत की सौग़ात है।
मैं ख़्वाबों में ही उलझता रहा,
वह आ के गए सावन में फुहारों की तरह।

वो बंद होंठ जैसे एक अनकही दास्तान हो,
निगाहें उमड़ता हुआ एक प्यार का तूफ़ान हो।
मैंने अभी पलकें ही खोली थी,
वो ओझल हो गए दिन में सितारों की तरह।

वो संगमरमर पर तराशी एक तस्वीर थी,
या क़ुदरत की लिखी प्यार की तहरीर थी।
मैं अब तक उन्हें समझ न सका,
वो यार थे या कोई सितमगर यारों की तरह।

एक ख़्याल था जो आया और आता चला गया,
पलभर के लिए अपना बनाता चला गया।
वो ख़्वाब थे और ख़्वाब बनकर ही चले गए,
मैं ख़ामोश रहा वीणा के टूटे तारों की तरह।

धर्म का अर्थ

जाने क्यों हम खोते जा रहे, इन्सानी पहचान को।
धर्म ने ही तो जोड़ रखा है, इन्सान से इन्सान को।

धर्म से ही हम पैदा होकर, तिल तिल बढ़ते आए हैं।
पीकर आँचल का अमृत, दुनिया में क़दम बढ़ाए हैं।
ममता का आँचल पाया, गोदी का प्यार दुलार मिला।
उँगली के सहारे चल पाया, काँधों का भी उपहार मिला।
भूल गए हम स्वार्थ के वश में, मानवता के वरदान को।
धर्म ने ही तो जोड़ रखा है, इन्सान से इन्सान को।

भोर सुनहरी देने को, कितनों ने धर्म निभाया था।
पलने में लोरी की धुन, फूलों सा सहलाया था।
ख़ुद की ख़ुशियाँ क़ुर्बान किया, पलकों पर मुझे बिठाने में।
ऐसा धर्म नहीं देखा, अब तक किसी ज़माने में।
अभाव के साए में भी जिसने, ख़ुश देखा हो सन्तान को।
धर्म ने ही तो जोड़ रखा है, इन्सान से इन्सान को।

पैदा होते ही हमको, रिश्तों का एक अम्बार मिला।
अपनेपन का भाव लिए, हँसता खेलता परिवार मिला।
कितने रूपों भावों में, ममता की वह परछाई थी।
एक धर्म के बल पर हमने, दौलत अनमोल कमाई थी।
धर्म से ही दुनिया क़ायम है, यह मालूम नहीं नादान को।
धर्म ने ही तो जोड़ रखा है, इन्सान से इन्सान को।

'हम' से 'मैं' का जीवन बदला, एकांत भाव जीना सीखा।
हँसते-हँसते ख़ुशियाँ खोकर, घूँट ज़हर का पीना सीखा।
परिवार से दूर कहीं जाकर, होटल में जश्न मनाते हैं।
ख़ून के रिश्ते दूर हुए, ग़ैरों का साथ निभाते हैं।
जो पहचान सके ना अपनों को, क्या पहचानेगा भगवान को।
धर्म ने ही तो जोड़ रखा है, इन्सान से इन्सान को।

हमराह

एहसास है तुम्हारा, जीवन के हर क़दम पर।
दुनिया मेरी है रौशन, हमराह तेरे दम पर॥

ख़ुशियों में साथ खेले, ग़म में हमें संभाला।
मन की उदासियों से, हँसकर हमें निकाला॥

है ज़िन्दगी में कितने, एहसान तेरे हम पर।
दुनिया मेरी है रौशन, हमराह तेरे दम पर॥

अपनों के साथ जीना, तुमने हमें सिखाया।
ममता लुटा के अपनी, इन्सानियत दिखाया॥

हर साँस ज़िन्दगी की, क़ुर्बान इस रहम पर।
दुनिया मेरी है रौशन, हमराह तेरे दम पर॥

बनकर बहार तुमने, उजड़ा चमन खिलाया।
तन्हा मैं जी रहा था, तूने ख़्वाब में सजाया॥

मुझे गर्व हो रहा है, तेरे साथ इस जनम पर।
दुनिया मेरी है रौशन, हमराह तेरे दम पर॥

बस आरज़ू यही है, कभी साथ ये न छूटे।
रूठे भले ज़माना, हम तुम कभी ना रूठें॥

वो दिन कभी न आए, मुश्किल पड़े सनम पर।
दुनिया मेरी है रौशन, हमराह तेरे दम पर॥

ममता का एहसास (ग़ज़ल)

ममता का एहसास पुराना, अब तक भूल नहीं पाए।
गाल चूमकर गले लगाना, अब तक भूल नहीं पाए।

आसमान माँ का आँचल था, धरती माँ की गोद बनी।
वो सीने पर पैर चलाना, अब तक भूल नहीं पाए।

कभी खिलौना कभी मिठाई, कभी मचलना गोदी को।
बात बात पर यूँ चिल्लाना, अब तक भूल नहीं पाए।

हरदम उम्र की नादानी से, तोड़फोड़ झगड़ा झाँसा।
छड़ी देख अन्दर छुप जाना, अब तक भूल नहीं पाए।

चूल्हा चौका साफ़-सफ़ाई, और पसीना माथे का।
जलते हाथों टिफ़िन सजाना, अब तक भूल नहीं पाए।

कुछ मस्ती कुछ यौवन का भ्रम, समझ न पाए जीवन को।
सर सहलाकर फिर समझाना, अब तक भूल नहीं पाए।

मेहमानों का स्वागत हो, या फिर त्यौहारों का आना।
कुछ न कुछ पकवान बनाना, अब तक भूल नहीं पाए।

सारी उम्र तराशा मुझको, तैर दुःखों के सागर में।
बिना बताए यूँ उड़ जाना, अब तक भूल नहीं पाए।

मेरी माँ

सृष्टि में ममता का, उद्गार है मेरी माँ।
इन्सान में मानवता का, श्रृंगार है मेरी माँ॥
माँ से ही धरती है, माँ से ही ये आसमाँ।
जीवन में ख़ुशियों का, त्यौहार है मेरी माँ॥

आराम में थपकियों का, एहसास है मेरी माँ।
हर क़दम पर सच्चाई का, विश्वास है मेरी माँ॥
युग बदलते रहे पर, मेरी माँ नहीं बदली।
ख़ुशहाल ज़िन्दगी का, मधु-मधुमास है मेरी माँ॥

छप्पन भोग से सजी, थाली है मेरी माँ।
इन्सानियत के अमृत की, प्याली है मेरी माँ॥
माँ के चरणों में है, जन्नत का नज़ारा।
हर रोज़ ईद और, दीवाली है मेरी माँ॥

माथे की बिंदी आँखों का, काजल है मेरी माँ।
प्यासी निगाहों के सावन का, बादल है मेरी माँ॥
एक बूँद से ही जन्मों के, पाप धुल सके।
जीवन की शाम का, गंगाजल है मेरी माँ॥

झुकी हुई पलकों का, सम्मान है मेरी माँ।
आँचल के अमृत का, पान है मेरी माँ॥
ख़ुशियों में साथ खेले, ग़म में गले लगा ले।
जीवन से मोक्ष तक का, ज्ञान है मेरी माँ॥

बचपन में झूले की, डोर है मेरी माँ।
नींदों में लोरी का, शोर है मेरी माँ॥
माँ से ही है भोजन, माँ से ही कलेवा।
उगते सूरज की हर, भोर है मेरी माँ॥

फलदार वृक्षों की, छाँव है मेरी माँ।
लहरों से टकराती एक, नाव है मेरी माँ॥
संस्कार की धरोहर को, संभालती है उम्र भर।
खेत, खलिहान, बस्ती, सारा, गाँव है मेरी माँ॥

श्रृंगार में सूरज की, लाली है मेरी माँ।
कभी थप्पड़ तो कभी, गाली है मेरी माँ॥
माँ से ही मिली मुझको, पहचान ज़िन्दगी की।
पिता है मेरे घर और, घरवाली है मेरी माँ॥

पिताजी

उज्जवल भविष्य के हर अरमान हैं पिताजी।
औलाद की समग्र पहचान हैं पिताजी।
ख़ुशियों की धरोहर को ताउम्र संभालते।
ज़िन्दगी और मोक्ष का ज्ञान हैं पिताजी।

और अभावों को छुपाती मुस्कान हैं पिताजी।
हर क़दम पर मिले वो सम्मान हैं पिताजी।
अँधेरे उजाले की परवाह नहीं जिसको।
हम सब के रास्ते के दिनमान ही पिताजी।

सहयोग व सम्बल का अभिमान हैं पिताजी।
मस्तिष्क के विकास का सामान हैं पिताजी।
गोदी से लेकर काँधों तक बोझ उठाया जिसने।
दुनिया का सबसे अद्भुत यान हैं पिताजी।

ख़ुशहाल ज़िन्दगी का वरदान है पिताजी।
ठहरी सी कायनात में गतिमान है पिताजी।
दुनिया की निगाहों ने जिस रूप में देखा हो।
मेरे लिए तो बस मेरे भगवान है पिताजी।

माँ की याद

आज अगर माँ पास में होती।
मिलती ममता की सौग़ातें।
चूम चूम कर गाल हमारे।
करती कितनी मीठी बातें।

आशीषों से झोली भरती।
व्यंजन से सज जाती थाली।
ख़ुशियों से भर जाता जीवन।
पल भर में मनती दिवाली।

आता याद पुराना बचपन।
वो अल्हड़पन वो शैतानी।
माँ की डाँट प्यार की थप्पड़।
सिसकी और पलकों का पानी।

मगर आज कितने सूने हैं।
घर आँगन और दीवारें।
छत पर उड़ती चँचल चिड़िया।
बैठी है अब पँख पसारे।

लगता है माँ बोल रही है।
बेटा कुछ खाकर ही जाना।
धूप निकलने से पहले ही।
वापस तुम घर आ जाना।

जीवनसाथी

मेरे ख़्वाबों में आती थी, मेरे जीवन में आई हो।
था उजड़ा सा चमन मेरा, बहारें साथ लाई हो।
खिलाकर फूल गुलशन में, मुझे मदहोश कर डाला।
मेरे सूने से जीवन में यूँ, चुपके से समाई हो।

सफ़र में साथ तन्हाई, न मंज़िल का पता मुझको।
अकेला ही धड़कता दिल, न संगदिल का पता मुझको।
तुम्हारे साथ की ख़ुशबू से, महका है बदन मेरा।
अँधेरी रात में मेरे, उजाला बनकर आई हो।

वो आलम था जवानी का, मगर सूना था मन मेरा।
ज़माने की हवाओं से, झुलसता था बदन मेरा।
तुम्हारी रेशमी ज़ुल्फ़ों से, घिरती है घटा काली।
अँधेरा दूर करने को, सितारे साथ लाई हो।

कई दिन साथ गुज़रे हैं, ये जीवन भी गुज़ारेंगे।
रहेंगे साथ अपनों के, सदा घर को सँवारेंगे।
मुझे यदि मौत भी आए, तो डर कर भाग जाएगी।
मेरी लम्बी उमर की, तुम दुआएँ साथ लाई हो।

पिता

अरमानों का सागर है, एहसास फ़र्ज़ का सीने।
आँखों में ख़ुशियाँ अपनों, की प्रेम है ख़ून पसीने में।
गर्मी में शीतल छाँव लिए, अंगारों से तपते देखा।
नन्ही सी किलकारी में, नयनो से अश्क छलकते देखा।

दुनिया के सारे दुःख-सुख, ख़ामोश निगाहें सहती है।
अन्तर्मन में बहती सरिता, बाहर से सूखी रहती है।
कभी शोर कभी ख़ामोशी, जीवन का पर्याय बनी।
बढ़ती उम्र शिथिल काया, ज़िन्दगी जब असहाय बनी।

तन मन टूटा धीरज टूटा, उम्मीदो ने दामन फैलाया।
दो वक़्त की रोटी के ख़ातिर, भूखा मन भी ललचाया।
जीवन कूड़े का ढेर बना, सब बारी-बारी बिखराते।
अपने होकर भी अपने, अपना कहने में शरमाते।

जीवन की सारी दौलत, सौंप दिया परिपाटी में।
मजबूर हुआ ठोकर खाता, घूम रहा चौपाटी में।
त्याग और अपनेपन का, अब ऐसा उपहार मिला।
अपने घर का साया छूटा, वृद्धाश्रम का द्वार मिला।

माँ का एहसास

मुझको माँ के चूड़ी की, आवाज़ सुनाई देती है।
जब भी चौके पर जाता हूँ, माँ मुझे दिखाई देती है।

भोर के सूरज की लाली, जब बाहर मुझे बुलाती है।
बेटा बेटा कहते मेरी माँ, मेरे पीछे आ जाती है।

विश्वास मुझे माँ की ममता का, वो परछाई देती है।
जब भी चौके पर जाता हूँ, माँ मुझे दिखाई देती है।

आँगन की मुरझाई तुलसी, माँ की याद दिलाती है।
दरवाज़ों की दहलीज़ें भी, देखके चुप हो जाती है।

बुझी हुई माचिस की तीली, हर वक़्त सफ़ाई देती है।
जब भी चौके पर जाता हूँ, माँ मुझे दिखाई देती है।

थाली की रोटी में भी, महक है माँ के हाथों की।
चर्चा करती बूढ़ी काकी भी, हरदम माँ की बातों की।

आज भी मेरी जीत पर माँ, मुझे बधाई देती है।
जब भी चौके पर जाता हूँ, माँ मुझे दिखाई देती है।

धरती पर बैठे हैं हम, एहसास है माँ की गोदी का।
आज हवा के झोंकों में भी, राग है माँ की लोरी का।

माँ के क़दमों की आहट, अब हर तन्हाई देती है।
जब भी चौके पर जाता हूँ, माँ मुझे दिखाई देती है।

याद है माँ का वो आँचल, जिससे आँसू पोंछा था।
माँ को ख़्वाबों में देखूँगा, कभी नहीं ये सोचा था।

आज भी होली दिवाली पर, माँ मुझे मिठाई देती है।
जब भी चौके पर जाता हूँ, माँ मुझे दिखाई देती है।

दरवाज़े से अर्थी लेकर, जब काँधों पर निकला था।
आसमान टूटा क़दमों पर, ये पत्थर दिल भी पिघला था।

चिता की वो जलती लपटें भी, आज गवाही देती है।
जब भी चौके पर जाता हूँ, माँ मुझे दिखाई देती है।

माँ का रहस्य

माँ एक तुम थी जिसने जिस्म से अमृत पिलाया था।
ममता का आँचल खुले बदन रहकर भी ओढ़ाया था।
तेरी एक साँस क्या निकली मैं ख़ुद-ग़र्ज़ हो गया।
तेरे बदन को मैंने अपने हाथों से जलाया था।

तेरे बाद भी यादों से तेरा एहसास हो रहा है।
तू मेरे कहीं आसपास है यह विश्वास हो रहा है।
मुझे जब भी गर्दिश की उलझनों ने घेरा।
तेरे आँसू टपके मैं सोचा आकाश रो रहा है।

तेरी ममता का क़र्ज़ लिए मैं भी चला जाऊँगा।
यह ऋण मैं कई जन्मों तक नहीं चुका पाऊँगा।
इसी सोच में मैं ख़ुशियों में भी उदास रहता हूँ।
क्या ? किसी जन्म में बेटा होने का फ़र्ज़ निभाऊँगा।

काश ! तेरे रहते यह सब मेरी समझ में आया होता।
तेरे आँसुओं में ममता का दर्द पढ़ पाया होता।
मेरे हर निवाले में तेरी जलती उँगलियों की सिहरन है।
इन हाथों में कभी उन हाथों पर मरहम लगाया होता।

गुज़रा हुआ वक़्त बस याद बनकर रहता है।
दिल के अन्दर ख़ामोश फ़रियाद बनकर रहता है।
मैं सोचता हूँ रोता हूँ रह-रहकर पछताता हूँ।
तेरा हर फ़र्ज़ जीवन में अवसाद बनकर रहता है।

करुण व्यथा

जब-जब हत्या होती है तरुणाई की।
राखी में जब याद सताती भाई की।
बेटी के सपने जब सपने रह जाते।
ममता की पलकों में आँसू बह जाते।

यह करुण व्यथा चुपचाप नहीं सह पाता हूँ।
मैं अश्कों को शब्द बनाकर गाता हूँ।

जब बारूदी शोले फटते सीने में।
ग़द्दारी का ज़हर मिला हो पसीने में।
माथे की बिंदिया भी जब घबराती हो।
सेज के फूलों से चिनगारी आती हो।

तब-तब मैं मानवता का धर्म निभाता हूँ।
मैं अश्कों को शब्द बनाकर गाता हूँ।

जब इन्सानी रिश्ते भी शरमाते हैं।
जीवनदाता जीने को ललचाते चाहते हैं।
जब मर्यादा सरे-राह लुट जाती है।
भाई से दुश्मन की बदबू आती है।

तब इस दुनिया में जीने से घबराता हूँ।
मैं अश्कों को शब्द बनाकर गाता हूँ।

माँ की लाचारी

अक्सर गीत लिखे जाते हैं वासंती पखवारों पर।
या फिर गीत लिखे जाते हैं नारी के श्रृंगारों पर।
हिमगिरी की ऊँची चोटी पर भी गीत लिखे जाते।
असहाय ग़रीबों की रोटी पर भी गीत लिखे जाते।
पर इन लिखने वालों को क्या यह दर्द नहीं दिखता।
माँ की लाचारी लिख डाले कोई ऐसा मर्द नहीं दिखता।

आज क़ैद है माँ की ममता वृद्धाश्रम की दीवारों में।
जीवन है मोहताज आज दो रोटी के उपहारों में।
दो कौड़ी की ख़ातिर माँ की हत्या तक हो जाती है।
बेटे महलों में रहते माँ सड़कों पर सो जाती है।
गीत कहानी लिखते हैं पर कोई निष्कर्ष नहीं लिखता।
माँ की लाचारी लिख डाले कोई ऐसा मर्द नहीं दिखता।

अश्कों की सरिता नित माँ की पलकों से बहती रहती।
लुटी हुई ममता की गाथा सदा ज़माने से कहती।
माँ के ख़ून पसीने से जो महल बना था सपनों का।
आज खंडहर बना दिया उपकार देखिए अपनों का।
आँसू और बर्बादी का कोई हमदर्द नहीं दिखता।
माँ की लाचारी लिख डाले कोई ऐसा मर्द नहीं दिखता।

लिखने वालों ने लिख डाले काश्मीर की घाटी पर।
कितने गीत लिखे हैं अब तक मारवाड़ की माटी पर।
काश कहानी लिख दी होती प्रेम और क़ुर्बानी की।
अश्कों से भीगी पलकों की बेबस असहाय जवानी की।
त्याग और समर्पण का बेटों में स्पर्श नहीं दिखता।
माँ की लाचारी लिख डाले कोई ऐसा मर्द नहीं दिखता।

भूल चुके हम माँ की गोदी और लोरी के गीतों को।
आँचल का अमृत हम भूले पाकर जीवन मीतों को।
भीगे और ठिठुरते तन की रक्षा तक हम भूल गए।
दुनिया की इस चमक में माँ की शिक्षा तक हम भूल गए।
आज हमारे संस्कारों में माँ का आदर्श नहीं दिखता।
माँ की लाचारी लिख डाले कोई ऐसा मर्द नहीं दिखता।

वो बचपन का प्यार और वो धड़कन माँ के सीने की।
जलती हुई उँगलियों की वो आसू और पसीने की।
हलक में जाता एक निवाला माँ की याद दिलाता है।
रोता और मचलता बचपन जब कभी सामने आता है।
माँ की वह दुःख भरी कहानी कोई सहर्ष नहीं लिखता।
माँ की लाचारी लिख डाले कोई ऐसा मर्द नहीं दिखता।

राष्ट्र वंदन (कुंडलियां)

[1]

मेरे भारत को मिला, विश्व गुरु का मान।
मिलकर रहते सब यहाँ, एक सकल संविधान।
एक सकल संविधान, सभी धर्मों का आदर।
कोई ऊँच न नीच, रहे सब लोग बराबर।
कहते चतुर सुजान, सजे है गुण बहुतेरे।
जग में रहो महान, सदा तुम भारत मेरे।

[2]

हिमगिरी सोहे भाल पर, उदर रतन की खान।
मुख मण्डल सूरसरि सलिल, पूजित अमिय समान।
पूजित अमिय समान, बन जगत जनहितकारी।
गावत वेद पुराण, सदा ही महिमा न्यारी।
करते सभी बखान, वक्ष पर है शोभित शिशिर।
लगती स्वर्ग समान, काश्मीर ओढ़े हिमगिरी।

[3]

भोरहि दर्शन देव के, सूरज का दिनमान।
कर्ण करे गुंजित सदा, आरती संग अज़ान।
आरति संग अज़ान, विहग है कलरव करते।
कलियों की मुस्कान, मधुप मधु का रस चरते।
कहते सब कवि वृंद, संत जन विनती जोरहि।
ऐसे दुर्लभ देश का, मिले दर्शन भोरहि।

आज़ादी हिन्दुस्तान की

भारत की आज़ादी एक पहचान है हिन्दुस्तानी की।
पलकों में ममता के आँसू सेजों के क़ुर्बानी की॥

सुनी गोद माँग सुनी है घर आँगन गलियारे भी।
बहनों की राखी सुनी है पिता की आँख के तारे भी॥
ख़ून की होली खेल रहे जो अलबेले मस्ताने थे।
गले का हार बनाया फाँसी वो आज़ादी के दीवाने थे॥

एक अमर गाथा लिख डाली अपने वीर जवानी की।
पलकों में ममता के आँसू सेजों के क़ुर्बानी की॥

वीर तिरंगे की रक्षा को अपना धर्म बनाया था।
मिटकर भी आज़ादी देना जिसने कर्म बनाया था॥
ख़ुशियों के पल सौंप के जिसने खाई गोली सीने में।
भारत माँ का क़र्ज़ चढ़ा था जिसके ख़ून पसीने में॥

आज हवाएँ क़र्ज़दार है उन वीर अमर सेनानी की।
पलकों में ममता के आँसू सेजों के क़ुर्बानी की॥

साँसो में अंगार लिए नस-नस में जोश समाया था।
देश की ख़ातिर मर मिटने को मन ही मन हर्षाया था
कफ़न बाँधकर सर पर अपने दुश्मन पर हुंकार किया
एक गोली के बदले उसने तोपों की बौछार किया

याद दिलाता आज तिरंगा ऐसे ही बलिदानी की ।
पलकों में ममता के आँसू सेजों के क़ुर्बानी की ॥

ख़ूनी धमाका

जब-जब आहट हो जाती है, इन ख़ूनी गलियारों में।
ख़ून के छींटे पड़ जाते हैं, सूरज, चाँद, सितारों में।
जब भारत के वीर सिपाही, सीमा पर सो जाते हैं।
तब तक भारत माँ की आँखों, में आँसू आ जाते हैं।

जब-जब रुदन सुनाई पड़ता, गलियों में चौबारे में।
अबला की चीख़ों से आँसू, आ जाते अंगारों में।
जब-जब बूढ़ी आँखों के, घर के चिराग बुझ जाते हैं।
तब तब भारत माँ की आँखों, में आँसू आ जाते हैं।

जब घुँघट के भीतर यौवन, खिलने से घबराता है।
और दूध मुँहा बचपन भी, पल भर में मिट जाता है।
जब बहनों के दिल राखी में, भाई को ललचाते हैं।
तब-तब भारत माँ की आँखों, में आँसू आ जाते हैं।

खेला करते थे गोदी में, जो गुड़िया, गुब्बारों से।
आज वही खेला करते हैं, बंदूक़ों तलवारों से।
भारत माँ के वो ही बेटे, जब क़ातिल बन जाते हैं।
तब-तब भारत माँ की आँखों, में आँसू आ जाते हैं।

आँगन की किलकारी में, जब कोलाहल मच जाता है।
खिलते फूलों के उपवन में, जब पतझड़ आ जाता है।
कोयल, भँवरे, मोर, तितलियाँ, जब भूखे सो जाते हैं।
तब-तब भारत माँ की आँखों, में आँसू आ जाते हैं।

जब जलते शमशान सुनाते, बर्बादी की परिभाषा।
जब आँसू की धारा में, बह जाती है जीवन की आशा।
एक धमाके में जब लाखों, के भविष्य मिट जाते हैं।
तब तब भारत माँ की आँखों, में आँसू आ जाते हैं।

अर्थी का फूल

सड़क पर पड़ा अर्थी से गिरा एक फूल।
जिस पर चढ़ रही थी पैरों की धूल।
पड़े पड़े मस्ती में खिल-खिला रहा था।
मानो अपने भाग्य पर इठला रहा था।
यह देखकर मैं उसके पास तक गया।
उसे ख़ुश देख मेरा कलेजा भर गया।
मैंने कहा अपनी ख़ुशी का राज़ तो बताओ।
बोला अगर नेता हो तो मेरे पास मत आओ।

मैंने भी अपना भाग्य बदलना चाहा था।
बालाओं का गजरा बन मचलना चाहा था।
पर जब देखा अपने जीवन का अपमान।
सेजों पर बनाया गया सजावट का सामान।
मेरी ख़ुशबू ने वहाँ पर दम तोड़ दिया।
मैंने अपना इरादा एक पल में छोड़ दिया।
क्योंकि वहाँ पर मर्यादा की बलि चढ़ रही थी।
नेताओं की नापाक नज़र मुझ पर पढ़ रही थी।

फिर सोचा बनूँ गुलदस्ता या गले का हार।
किसी का सम्मान या ख़ुशियों का उपहार।
जब से मेरा उपयोग राजनीति में होने लगा।
मेरा मन अन्दर ही अन्दर रोने लगा।
यह मेरा सम्मान नहीं बल्कि अपमान था।
भ्रष्टाचार में शामिल होने का प्रथम सोपान था।
जब जब नेताओं को फूलों में तोला जाता है।
हमें अपने दुर्गति का एहसास हो जाता है।

इसीलिए मैंने अर्थी में सजने की ठानी है।
इसी को अपने उद्धार की राह मानी है।
जब कोई जीव परलोक को जाता है।
मेरे सुगंध का अंतिम सुख पाता है।
हम उस क्षणिक सुख को भूल नहीं पाएँगे।
भले ही अगले क्षण पैरों में कुचल जाएँगे।
जाने वाला भी भौतिक दुर्गंध से मुक्ति पाएगा।
स्वर्ग या नरक में सुगंधित होकर ही जाएगा।

लेकिन मेरी उम्मीदों पर अब पानी फिरने लगा है।
जब से व्यक्ति बेरोज़गारी व भुखमरी से मरने लगा है।
आजकल अर्थी पर गेंदा व गुलाब नहीं खिलता।
मंगाई में फूल क्या कफ़न तक नहीं मिलता।
अब तो अमीरों व नेताओं के शव सजाए जाते हैं।
उनके लिए फूल भी विदेश से मँगाए जाते हैं।
मैं तो इतनी ख़ुशी इसलिए मना रहा था।
क्योंकि आज शहीद की अर्थी पर चढ़कर जा रहा था।

अमर शहीद

भारत माँ की रक्षा का, जज़्बा जब दिल में उमड़ पड़ा।
वतन परस्ती की ख़ातिर, बिन सोचे रण में कूद पड़ा।

बोला दो आशीष मुझे माँ, सीमा पर लड़ने जाऊँ मैं।
अपनी साँसों की बलि देकर, दूध का क़र्ज़ चुकाऊँ मैं।

माँ की आँखों में आँसू, छलके थे ममता प्यार भरे।
लोभ, मोह, वात्सल्य, प्रेम, सब, माँ के आगे हुए खड़े।

क्षण भर को हुई अधीर, और फिर सीने से लाल को निपटाया।
सारी ममता न्योछावर कर, एक बार लाल को दुलराया।

बोली क़सम तिरंगे की, तुम रण में पीठ न दिखलाना।
अंतिम साँस तक मेरे बेटे, सीमा पर तुम लड़ते जाना।

सजा आरती की थाली, बेटे को तिलक लगाया था।
कर परित्याग मोह ममता का, उसको रण में भिजवाया था।

माँ के छूकर पैर सिपाही, जब घर से बाहर निकला।
बूढ़ी दादी के आँखों से, आँसू का दरिया बह निकला।

पहले बेटे फिर पोते के, क़ुर्बानी की तैयारी थी।
अपनी कोख उजड़ते देखा, इस बार बहू की बारी थी।

जब इकलौते बेटे को माँ ने, सीमा पर पहुँचाया था।
स्तब्ध रह गए धरती अम्बर, देवों ने शीश झुकाया था।

भारत माँ की जय के नारे, गूँज उठे जब सीमा पर।
दुश्मन भी साँसे लेता, था जरा देर तक रुक-रुक कर।

युद्ध-भूमि की धूल से उसने, माथे पर तिलक लगाया था।
उबल उठा था लहू वीर का, नस-नस में जो समाया था।

दुश्मन की टुकड़ी सीमा पर, देखा तनिक न देर किया।
बंदूक़ उठाकर हाथों में, एक-एक को पल में ढेर किया।

जितने भी सीमा पर आए, वो लौट के ना जाने पाए।
दुश्मन से लड़ते-लड़ते, ख़ुद पर भी ज़ख़्म भर आए।

कई गोलियाँ झेल चुका था, सीने हाथों जाँघों पर।
पर बे-बस सा बिखर पड़ा था, पीठ पर गोली खा-खाकर।

ग़द्दारी से वह गोली, अपने ही सैनिक ने मारी थी।
कायरता की एक कहानी, अपने हाथों लिख डाली थी।

थर-थर काँप रहे थे बाज़ू, साँसे रुक रुक कर चलती थी।
देख तिरंगे को सीमा पर, एक ही आवाज़ निकलती थी।

जय माँ कहकर जब उसने, बंदूक़ हाथ में थाम लिया।
एक ही साँस में दाग के गोली, कायर का काम तमाम किया।

बंदूक़ हाथ से छूट गई, अलविदा साँस ने कह डाला।
उसी समय दादी के हाथों से, टूट गई पूजा की माला।

माँ के सीने में भी एक, ऐसा बेचैनी का भूचाल पड़ा।
जिगर का टुकड़ा टूट गया, सीमा पर शहीद हो लाल पड़ा।

तभी अचानक आसमान में, धूल भरी आंधी आई।
सब अवाक रह गए देख, उस वीर की जब अर्थी आई।

सम्मान तिरंगे का पाकर, सैनिक के कँधों पर आया।
बलिदान देखकर बेटे का, माँ के आँचल में दूध उतर आया।

बेटे का वह मृत शरीर, माँ ने सीने से लगा लिया।
दर्द भरे उस एक-एक पल में, मानवता को हिला दिया।

सजा के अर्थी जब माता ने, बेटे को घर से विदा किया।
माँ ने बेटे को कँधा दें, एक नया संदेश दिया।

अमर शहीद के नारों से, जब भूमण्डल में शोर हुआ।
देख के इस क़ुर्बानी को, जन-जन भी भावविभोर हुआ।

एक तरफ वीरता ने, जब अपना रंग दिखाया था।
कायरता ने मुँह पर, कालिख अपने हाथ लगाया था।

एक विनय है वीर जवानों, इतना फ़र्ज़ निभा देना।
इस वीर तिरंगे को, अपने जीते जी मत झुकने देना।

आन-बान और शान देश की, बस यही एक तिरंगा है।
वीर शहीदों की धड़कन, ममता की जान तिरंगा है।
सम्मान शहीदों का है यह, मस्तक है वीर जवानों का।
लाल किले पर फहराता, परिचायक है क़ुर्बानी का।

वीर शहीदों की क़ुर्बानी से, वतन आज तक ज़िन्दा है।
लेकिन घर में पनप रही कायरता, से वह शर्मिंदा है।

अधूरा सफ़र

चंद साँसें और मुझको, मिल गईं होती अगर।
ये तिरंगा हाथ लेकर, पूरा किया होता सफ़र।

अरमाँ मचलते रह गए, दिल भी था बे-ताब सा।
बाज़ुओं में जोश था, लगता अधूरा ख़्वाब सा।

मन में कसक सी रह गई, पूरा न हो पाया बचन।
माँ से किया था एक वादा, आज़ाद कर दूँगा वतन।

सोचता हूँ अपनी इस, नाकामी को मैं कैसे बताऊँ।
धिक्कारता है फ़र्ज़ मुझको, माँ को मुँह कैसे दिखाऊँ।

मेरी मजबूरी यही थी, साँसे बस रुक-रुक कर चली।
कुछ देर तक दी आस, फिर कह अलविदा चुपचाप निकली।

फिर याद कुछ भी ना रहा, मुझे नींद इतनी आ गई।
लाख कोशिश की निहारूँ, पलकों पर अँधियारी छा गई।

एक ख़त भी लिख न पाया, मजबूरियाँ बतला सकूँ।
वादा निभाने के लिए फिर, से जग में आ सकूँ।

मालूम होता यदि मुझे, यूँ चलते हुए रुक जाऊँगा।
एक वादा पूरा कर, माँ के चरण ना छू पाऊँगा।

लेता नहीं संकल्प मैं, ना सोचता इस राह की।
दिल में थी एक ही तमन्ना, आज़ादी हमारी चाहत थी।

पर बदनसीबी ने मुझे, ख़ामोश करके रख दिया।
जिस आस से निकला था घर से, उसको मिटाकर रख दिया।

मेरी अधूरी ज़िन्दगी, हर ख़्वाब अधूरे रह गए।
दिल में जो अरमान थे, सब आँसुओं में बह गए।

बलिदान

तूफ़ानों से टकराना है, सीना फ़ौलादी पाया हूँ।
भारत पर जान लुटा दूँगा, मैं कफ़न साथ में लाया हूँ।

माँ भारती का मैं रक्षक हूँ, माता की लाज बचाऊँगा।
माता का दूध नसों में है, उसका कुछ क़र्ज़ चुकाऊँगा।
अब लेकर हाथ तिरंगा मैं, उस गुंबद पर फहराऊँगा।
साँसे यदि साथ छोड़ देंगी, उसको ही कफ़न बनाऊँगा।

आज़ाद हिन्द का सैनिक हूँ, क़ुर्बानी देने आया हूँ।
भारत पर जान लुटा दूँगा, मैं कफ़न साथ में लाया हूँ।

चाहे हो हिमगिरी का, ऋंग शिखर चाहे हिम की बरसातें हो।
सूरज का तेज प्रबल होवे, या शरद ठिठुरती रातें हो।
सीमा पर गुंजित हो तोपें, या दुश्मन की उल्लासे हो।
हो बूढ़ी माँ के अश्रु भले, या पत्नी की मीठी बातें हो।

जब भी दुश्मन सम्मुख आया, उस पर गोली बरसाया हूँ।
भारत पर जान लुटा दूँगा, मैं कफ़न साथ में लाया हूँ।

राखी का वचन निभाऊँगा, बहना से कह कर आया था।
तुम फ़िक्र कभी भी मत करना, यह बापू को समझाया था।
माँ ने गले लगाकर जब, उन हाथों से दुलराया आया था।
दिल नाज़ुक था कुछ बहल गया, फिर फ़र्ज़ सामने आया था।

इस वर्दी की आस्तीनों से, माता के अश्क सुखाया हूँ।
भारत पर जान लुटा दूँगा, मैं कफ़न साथ में लाया हूँ।
"जय हिन्द"

आज़ादी

भारत की आज़ादी का संसद में तमाशा होता है।
लाल किले के शीर्ष में बैठा आज तिरंगा रोता है॥

इनको लूट की आज़ादी है,
हक़ में देश की बर्बादी है।

वोट के बदले नोट है चलते,
साथ हज़ारों गुंडे पलते।

गाड़ी बंगले की क्या बातें,
साथ है क़ुदरत की सौग़ातें।

जनता से नेता बन जाते,
देश का सारा माल कमाते।

वादों की रोटी में पलते,
हरदम राह फरेब की चलते।

चोरी डकैती इनकी भाषा,
भ्रष्टाचार की ये परिभाषा।

इनका कोई ईमान नहीं है,
इन सा कोई बेईमान नहीं है।

नैतिकता से दूर है रहते,
इसीलिए इन्हें नेता कहते।

दौलत की ख़ातिर नेता ईमान-धर्म सब खोता है।
लाल किले के शीर्ष में बैठा आज तिरंगा रोता है।

आज बेचारा वतन रो रहा,
मानवता का पतन हो रहा।

चारों ओर लूट का डर है,
नहीं सुरक्षित कोई घर है।

बहनों के श्रृंगार को ख़तरा,
निर्धन और लाचार को ख़तरा।

ख़तरे में सिन्दूर बंधू का,
ख़तरा है माँ की गोदी है।

सहमी है नन्ही किलकारी,
सहमी है आँखें कजरारी।

डरती है बेटी आँगन में,
डरती है कोयल सावन में।

डरती है स्वच्छंद हवाएँ,
डर से सिमटी दसों दिशाएँ।

ख़ामोश पड़ी पैरों की पायल,
घुँघरू की आवाज़ है घायल।

भारत माँ की उजली चुनर जब कोई ख़ून से धोता है।
लाल किले के शीर्ष में बैठा आज तिरंगा रोता है।

महँगाई की है मारामारी,
शासन की देखो लाचारी।

चोरी, डकैती, हत्या, लूट,
नेता के चमचों को छूट।

सड़कों पर आवारागर्दी,
ट्राफ़िक की अपनी मनमर्जी।

जगह-जगह पर चक्काजाम,
भारत बन्द हो गया आम।

सट्टा कमीशन सौदेबाज़ी,
राजनीति पार्टी गुटबाज़ी।

चोर-चोर मौसेरे भाई,
एक है रबड़ी एक मलाई।

कहने को बस प्रजातंत्र है,
यह नेताओं का राजतंत्र है।

सबने मिलकर वतन को लूटा,
आज़ादी का सपना टूटा।

राष्ट्रीय त्यौहारों में एकता का दिखावा होता है।
लाल किले के शीर्ष में बैठा आज तिरंगा रोता है।

आज़ादी का जश्न

भारत माँ की जय के नारे हम वर्षों से चिल्लाते हैं।
भारत की आज़ादी का हम हरदम जश्न मनाते हैं।
पर भारत का असली चेहरा दर्पण पर नज़र नहीं आता।
भारत माँ का कोई बेटा अब दिल से गीत नहीं गाता।
आख़िर कब तक हम आज़ादी की दौलत पर इतराएँगे।
जब हम ख़ुद को बचा न पाएँ कैसे देश बचाएँगे।

नैतिकता की परिभाषा भी अब हम सबको याद नहीं।
हम सरे-आम लूट जाते हैं पर कोई फ़रियाद नहीं।
बहन बेटियों की मर्यादा अब सरे-राह लुट जाती है।
अबला की चीख़ें सुन सुनकर मानवता शर्माती है।
फूलों कलियों को कुचलकर हम कैसे गुलशन महकाएँगे।
जब हम ख़ुद को बचा न पाए कैसे देश बचाएँगे।

आज़ादी को सौंप दिया हमने बे-ढंगे हाथों में।
मानवता सहमी बैठी है गलियों और फ़ुटपाथों में।
भारत माँ के सच्चे बेटे रोटी को ललचाते हैं।
जिनको जीवन सौंप दिया वो बर्गर पिज़्ज़ा खाते हैं।
तूफ़ानी अरमानों से अब ईमान के दीपक बुझ जाएँगे।
जब हम ख़ुद को बचा न पाए कैसे देश बचाएँगे।

आसमान में उड़ने वाले धरती पर नज़र नहीं रखते।
लाल किले पर बैठ झोपड़ो की ख़बर नहीं रखते।
आज भिखारी की रोटी भी राहों में छिन जाती है।
दहशत भरी निगाहों में अब बेटी पढ़ने जाती है।
विधवा की उजड़ी क़िस्मत को कैसे आज सजाएँगे।
जब हम ख़ुद को बचा न पाए कैसे देश बचाएँगे।

आज हमारा छोटा भाई हमको आँख दिखाता है।
मौका पाकर बच्चों पर ग़द्दारी से तीर चलाता है।
फिर भी हम भाई कहकर उसको गले लगाते हैं।
लेकिन अपनी भूल है हम विषधर को दूध पिलाते हैं।
इन्सानियत की परंपरा को हम फिर भी आज निभाएँगे।
जब हम ख़ुद को बचा न पाए कैसे देश बचाएँगे।

संसद मुंबई और अयोध्या के हमले तक हम झेल गए।
सीमा पर प्रहरी भी कितने अपने जीवन पर खेल गए।
फूलों के गुलदस्ते से हम उनके घाव मिटाते हैं।
देकर सम्मान शहीदों का हम उन पर एहसान जताते हैं।
एक पदक देकर विधवा को हम उनका क़र्ज़ चुकाएँगे।
जब हम ख़ुद को बचा न पाए कैसे देश बचाएँगे।

फ़र्ज़

ऐ मेरे देश के वीर जवानों, इतना फ़र्ज़ निभा लेना।
भारत माता के चरणों में, तुम अपना शीश झुका देना॥

क़ुदरत ने बख़्शा है हमको, साँसों का वरदान दिया।
माँ के आँचल के अमृत ने, इंसाँ का सम्मान दिया॥
वीर शहीदों की क़ुर्बानी, याद हमें जब आती है।
सेजों से उठती चिंगारी, जब ज्वाला बन जाती है॥

नस नस में है ख़ून खौलता, दुश्मन को समझा देना।
भारत माता के चरणों में, तुम अपना शीश झुका देना।

भारतवासी समझ गए हैं, आज़ादी की परिभाषा।
जय जवान में छिपी हुई है, कितने जीवन की आशा॥
सीने में गोली खाकर भी, वंदे मातरम बोला था।
देख के फाँसी का फँदा, आसमान भी डोला था॥

मातृभूमि पर न्योछावर हो, वीरों का क़र्ज़ चुका देना।
भारत माता के चरणों में, तुम अपना शीश झुका देना।

कितनी नज़रें टिकी हुई है, भारत की आज़ादी पर।
दुश्मन घात लगाकर बैठे, हम सब की बर्बादी पर॥
अपनी ताक़त पर उनको जब-जब, ग़ुरूर हो जाता है।
भारत माता का वीर सिपाही, उनको सबक़ सिखाता है॥

हम पर नज़र उठाने वाले, ख़ुद अपनी साँस बचा लेना।
भारत माता के चरणों में, तुम अपना शीश झुका देना।

वीर तिरंगे की गरिमा का, तुमको मान बढ़ाना होगा।
त्याग और बलिदान का, तुमको जग को अर्थ बताना होगा॥
मरते दम तक गौरव गाथा, इनकी गाते जाओ तुम।
दुश्मन की छाती पर जाकर, एक झण्डा फहराओ तुम॥

लाल किले के मस्तक का, अंग्रेज़ी दाग़ मिटा देना।
भारत माता के चरणों में, तुम अपना शीश झुका देना।

(जय हिन्द)

सैनिक का ख़त

सुबह-सुबह एक आहट सुनकर, बेटी बेसुध हो भागी।
हलचल सी मच गई हृदय में, माँ थी अध सोई जागी।

पत्र हाथ में लिए डाकिया, भीगी पलकें कर बोला।
भावों का तूफ़ान दबाकर, वह जैसे तैसे मुँह खोला।

बेटी तेरे पापा का यह ख़त, सेना ने भिजवाया है।
लिखने वाले ने जाने कैसे, इस ख़त को लिख पाया है।

ख़त में जगह जगह पर ख़ून के, छींटे लगे नज़र आए।
आँसू से मिटते शब्दों को, वह बेटी कैसे पढ़ पाए।

ख़त पर लिखी सारी भाषा, लगती आम ज़ुबानी थी।
हर एक लाइन में उभरी, उस सैनिक की क़ुर्बानी थी।

थर-थर काँपते हाथों के, शब्द चिन्ह कुछ ऐसे थे।
पन्ने पर शब्दों के अन्तर, रुकती साँसो जैसे थे।

पढ़ते-पढ़ते जब बेटी ने नज़र, "अलविदा" पर डाली।
तोड़ दिए माँ के कँगन, मिटा दी माथे की लाली।

क्षण भर को वह धैर्य थामकर, जब माँ को सीने से लिपटाया।
कोहराम मच गया गलियों में, था होठों पर सन्नाटा छाया।

हर एक शख़्स के चेहरे पर, एक ही प्रश्न नज़र आता।
है मुँह से निकले जय जवान, और निकले जय भारत माता।

"जय हिन्द"

शहादत

सरहद के रक्षक वीरों पर, जब कायरता ने वार किया।
मानवता शर्मसार हुई, ऐसा घृणित अत्याचार किया।
माँ का दूध लजाने वाले, क्या अब तक ज़िन्दा रह पाते।
बस क़ानूनी हथकड़ियों ने, ख़ामोश मेरा हथियार किया।

उजड़ा सुहाग सूनी राखी, घर का चिराग़ तक खोया है।
काँधों पर रखकर अर्थी, मजबूर सिपाही रोया है।
अधरों की मुस्कान गयी, ममता की गोद हुई सूनी।
हर एक आत्मा सिहर उठी, जब देखी थी काया सूनी।

शव पर बिलख रही बेटी, बेटे के सब अरमान गए।
ख़ामोश थी गाँव की गलियाँ, जब तिरंगों के वीर जवान गये।
आज शहादत को उनकी, सबका वंदन-अभिनंदन है।
जिस भूमि पर जान किया अर्पण, उस जगह की माटी चंदन है।

"जय हिन्द"

विनय

ऐ बेटो माँ को मत लूटो, माँ का मत अपमान करो।
जिस आँचल का दूध पिया, कुछ उसका तो सम्मान करो।

जिस्म के टुकड़े कर डाले, अंगों को नीलाम किया।
अपनी हवस मिटाने को, जग-जननी को बदनाम किया।
इस मर्यादा को मत बेचो, बस इतना तो एहसान करो।
जिस आँचल का दूध पिया, कुछ उसका तो सम्मान करो।

दौलत की परछाई में, तुम ख़ुशियों के पल ढूंढ रहे।
छीन किसी के मुख की रोटी, अपना सम्भल ढूंढ रहे।
बुझा के जलते दीपक को, इस घर को मत वीरान करो।
जिस आँचल का दूध पिया, कुछ उसका तो सम्मान करो।

भाई को भाई समझो, दुश्मन का रिश्ता मत जोड़ो।
सेजों में चिंगारी रखकर, किसी के सपने मत तोड़ो।
दुनिया में कौन पराया है, तुम इसकी पहचान करो।
जिस आँचल का दूध पिया, कुछ उसका तो सम्मान करो।

पल भर की ख़ुशियों ख़ातिर, ये खिलती कलियाँ मत तोड़ो।
इन्सानों की इस दुनिया का, हैवानों से नाता मत जोड़ो।
घर को घर ही रहने दो, मत जलता शमशान करो।
जिस आँचल का दूध पिया, कुछ उसका तो सम्मान करो।

जो छोड़ अमानत चले गए, अपना सब कुछ बर्बाद किया।
तोड़ ग़ुलामी की ज़ंजीरें, हम सबको आज़ाद किया।
तुम उनके पद चिन्हों पर, अपना सब कुछ क़ुर्बान करो।
जिस आँचल का दूध पिया, कुछ उसका तो सम्मान करो।

संकल्प

जो वीर हमारी रक्षा के हित, अपना सब कुछ छोड़ गए।
सो गए वतन की गोदी में, हम सब से नाता तोड़ गए।
आज आँसुओं से हम उनको, एक नया पैग़ाम लिखेंगे।
गलियों में चौराहों में, क्या देश में उनका नाम लिखेंगे।

रह गईं बिलख कर माताएँ, बहनों से भाई छूट गए।
रो रही आज सूनी सेजें, सिंदूर के रिश्ते टूट गए।
हम ख़ून के एक-एक क़तरे का, एक ऐसा अंजाम लिखेंगे।
गलियों में चौराहों में, क्या देश में उनका नाम लिखेंगे।

सो गए आज चिर निद्रा में, हम सबको देकर आज़ादी।
ख़ुशियों की झोली सौंप, हमें साथ ले गए।
बर्बादी इतिहास के हर एक पन्ने पर, हम उनके ही काम लिखेंगे।
गलियों में चौराहों में, क्या देश में उनका नाम लिखेंगे।

करके इतिहास अमर अपना, हम सबको यह गणतंत्र दिया।
त्याग और क़ुर्बानी का, हम सबको ऐसा मंत्र दिया।
हम ख़ून के एक-एक बूँदों से, उनको आज सलाम लिखेंगे।
गलियों में चौराहों में, क्या देश में उनका नाम लिखेंगे।

वादा

मातृभूमि के हित खाई जो, मैं वो क़सम निभाऊँगा।
अब की युद्ध ख़त्म होते ही, माँ तुमसे मिलने आऊँगा।

दिल में है जज़्बात मचलते, और उम्र की मजबूरी।
दुश्मन में रखी है मुझसे, बस एक गोली की दूरी।

लेकिन तेरी ख़ातिर ऐ माँ, मौत से मैं लड़ जाऊँगा।
अब की युद्ध ख़त्म होते ही माँ, तुमसे मिलने आऊँगा।

दुश्मन की ललकार, सुनाई देती है जब कानों में।
एक नया उल्लास दिखाई देता, वीर जवानों में।

फिर नज़र उठा कर देखें, उसे ऐसा सबक़ सिखाऊँगा।
अब की युद्ध ख़त्म होते ही, मैं तुमसे मिलने आऊँगा।

रात चाँदनी तन्हाई में, याद बहुत कुछ आता है।
हाथों में बंदूक़ देख कर, सब कुछ भूल सा जाता है।

जब तक तन में जान रहेगी, अपना फ़र्ज़ निभाऊँगा।
अब की युद्ध ख़त्म होते ही, माँ तुमसे मिलने आऊँगा।

मेरी हर एक साँसें, अब तो क़र्ज़दार माताओं की।
दिल में अब तक धड़क रही है, ये असर है तेरी दुआओं की।

जननी और जगत-जननी, दोनों की लाज बचाऊँगा।
अब की युद्ध ख़त्म होते ही, माँ तुमसे मिलने आऊँगा।

अगर मेरे सीने में, गोली धोखे से टकरा जाए।
और नहीं तो बम के, छींटे पास हमारे आ जाए।

मैं अपनी फ़ौलादी ताक़त से, सब कुछ सह जाऊँगा।
अब की युद्ध ख़त्म होते ही, माँ तुमसे मिलने आऊँगा।

कभी किसी बे-बसी से मैं, दुश्मन के बीच में घिर जाऊँ।
और सैकड़ों गोली खाकर, मातृभूमि में गिर जाऊँ।

फिर भी जय माँ कहकर, मैं तुमको आवाज़ लगाऊँगा।
अब की युद्ध ख़त्म होते ही, माँ तुमसे मिलने आऊँगा।

सबक़

क्या सोचा था, अंगारों को, छूकर हम बच जाएँगे।
अपने नापाक इरादों से, हम भारत का शीश झुकाएँगे।
अरे मूर्ख आवारा कुत्तों से, जंग नहीं जीती जाती।
जंग जीतने ख़ातिर चाहिए, छप्पन इंचों वाली छाती॥

मेरे देश के वीरों में, ज्वाला और अंगार भरे हैं।
नाम मिटा कर रख देंगे, अभी तो तीन सौ पचास मरे हैं।
भीख के टुकड़ों में पलते हो, भीख का ही पानी पीते हो।
देख पराई ख़ुशियों को तुम, हर दम घुट घुट कर जीते हो॥

हम तो अब तक सोच रहे थे, अपना ही बिछड़ा भाई है।
इसीलिए हमने अब तक, प्रेम की रीति निभाई है।
मगर आस्तीन का साँप हमें ही, जब डसने को तैयार हैं।
फिर काहे का भाईचारा, काहे का व्यवहार है॥

अब तो ठान लिया है हमने, गिन गिन कर क़र्ज़ उतारेंगे।
तुम चालीस को मारोगे, हम चार हज़ार को मारेंगे।
सोच रहे हो मेरी नसों में, ख़ून नहीं है पानी है।
भारत के वीर जवानों की, चर्चा आम ज़ुबानी है॥

जितने भी आँख उठाया है, वह आँख वहीं पर फोड़ दिया।
मुझ पर उठते बाज़ू को भी, वहीं मरोड़ कर तोड़ दिया।
ऐरे ग़ैरों के चक्कर में, तुम अपनी औक़ात भुलाते हो।
जब-जब ढंग से पड़ जाती है, तभी होश में आते हो॥

हमने कितना समझाया, आदर और सत्कार किया।
छोड़ दुश्मनी हमने तुमसे, मेहमानों सा व्यवहार किया।
मिलकर साथ में खेले कूदे, हम गले मिले त्यौहारों में।
ज़हर घोल कर रख दिया तुमने, कटुता की परिवारों में॥

हमें क़सम है राम लला की, और तुम्हारे ख़ुदा की है।
चालीस वीर जवानों का, बदला अभी भी बाक़ी है।
अभी तो कुत्ते मार के, हमने तुम को सबक़ सिखाया है।
बदला कैसे लेते हैं, यह दुनिया को बतलाया है॥

ख़्याल काश्मीर का छोड़ दो तुम, उसको छू तक न पाओगे।
काश्मीर के चक्कर में तुम, पाकिस्तान गँवाओगे।
एक शेर अभिनंदन तुम्हारे, गले की हड्डी बन बैठा।
लाख किया कोशिश तुमने पर, अपनी जिद पर तन बैठा॥

आख़िर चार दिनों में तुमने, उसको घर पहुँचाया है।
जिस ने तुम्हारी सारी ताक़त, पल में मार गिराया है।
ऐसे वीरों की संख्या मेरे, भारत की है लाखों में।
ये कोई ग़द्दार नहीं, जो सड़ते रहे सलाख़ों में॥

अभी वक़्त है मेरी छोटी सी, समझाइश को मानों।
चारों तरफ है गर्म हवाएँ, इनकी गर्मी को पहचानो।
वरना जलने वाला केवल, बन कर राख ही रह जाता।
देख कर अपनी बर्बादी को, बस रोता, मरता पछताता॥

तिरंगा

भारत के जन, गण, मन का, विश्वास तिरंगे में।
काश मेरी भी आई होती, लाश तिरंगे में॥

मेरे ख़ून का एक-एक क़तरा, देश के काम आ जाता।
मैं शहीद कहलाता, गर्वित होती मेरी माता॥
पत्नी का सौभाग्य, देश का कुछ तो मान बढ़ाता।
मौका पाकर मेरा बेटा, सीमा पर डट जाता॥

अपनी क़ुर्बानी से लिखता, कुछ ख़ास तिरंगे में।
काश मेरी भी आई होती, लाश तिरंगे में॥

वतन परस्ती का सपना, मेरा भी पूरा होता।
देश की रक्षा में करता, जो काम अधूरा होता॥
दुश्मन के सीने में, इतना घाव लगाया होता।
तोपों की बौछारों से ये, जग थर्राया होता॥

सिमट गया होता सारा आकाश, तिरंगे में।
काश मेरी भी आई होती, लाश तिरंगे में॥

जय जवान का नारा भी, आकाश में गूँजा होता।
नेता और राजनेता ने, आकर पूजा होता॥
तोपों और बंदूक़ों का, सम्मान भी पाया होता।
सैनिक के कँधों पर चढ़कर, घर तक आया होता॥

अमर जवानों का बनता, इतिहास तिरंगे में।
काश मेरी भी आई होती, लाश तिरंगे में॥

फूलों से सज कर जब, अर्थी घर से निकली होती।
आँखों से बहते आँसू, हर आत्मा पिघली होती॥
काँधे पर रखने ख़ातिर, हर शख़्स तरसता होता।
गलियों और चौराहों पर, सम्मान बरसता होता॥

त्याग और बलिदान का, होता एहसास तिरंगे में।
काश मेरी भी आई होती, लाश तिरंगे में॥

एक ख़त माँ के नाम

सीमा पर घायल एक सैनिक,
लिख रहा ख़ून से ये पाती।
बह रहा लहू हर अंगों से,
गोली से छलनी थी छाती।

लेकर पलाश का एक पत्ता,
उँगली को क़लम बनाया था।
स्याही के बदले रक्त लिया,
भावों में उफान सा आया था।

ऐ परम पूज्यनीय माता,
तेरे चरणों तक मैं आ न सका।
अंतिम क्षण में ममता के,
आँचल का सुख भी पा ना सका।

बस विनय आख़िरी है मेरी,
कुर्बानी व्यर्थ न जाने देना।
ममता की पलकों के भीतर,
एक भी अश्क न आने देना।

बचपन बीता था गोदी में,
अब गोदी में ही सोता हूँ।
मैं कर न सका माँ की रक्षा,
इसलिए आज मैं रोता हूँ।

पर वादा है जन्म दुबारा,
लेकर फिर मैं आऊँगा।
दुश्मन का जग से नाम मिटा,
माता की लाज बचाऊँगा।

ईश्वर से जाकर बोलूँगा,
माँ को दो लाल दिया होता।
एक वीरगति को पाता,
एक दुश्मन को हलाल किया होता।

बस सपने रह गए अधूरे,
लाल किला तक जाने के।
अपने हाथों से ये तिरंगा,
गुम्बद पर फहराने के।

मेरी पत्नी को समझाना,
वो धीरज तोड़ न दे अपना।
एक वीर की पत्नी जैसा,
पूर्ण हुआ उसका सपना।

मेरे होने वाले बेटे को,
नाम न देना और कोई।
बस मातृभूमि का सेवक हो,
काम न देना और कोई।

तीन रंग के कफ़न में लिपटा,
ये मृत शरीर जब आवेगा।
तुम रो कर मत छूना उसको,
नहीं अमर नाम मर जावेगा।

ध्यान रहे मेरी अर्थी को,
कँधा वही लगाएगा।
जो माँ की ख़ातिर जीता है,
वो ही ये धर्म निभाएगा।

चंदन की वो लकड़ी न लगाना,
जिसमें ख़ुशबू हो मक्कारी की।
वह फूल सजा भी मत देना,
जिसमें बद्नियति हो व्यापारी की।

देशद्रोहियों को मेरे,
नज़दीक नहीं आने देना।
भारत के वीर सिपाही को ही,
मेरी चिता जलाने देना।

बस अब मेरे इन हाथों की,
शक्ति क्षीण सी होती है।
अब यह अलसाई पलकें,
चिर निद्रा में सोती है।

"जय हिन्द"

समाधान

कब तक सहेंगे हम आतंकवादी अत्याचार,
इसका तो कुछ समाधान होना चाहिए।
देश का ये आतंकवाद जड़ से ही मिट जाए,
ऐसा कोई देश में विधान होना चाहिए।

खुलेआम घूमते हैं, लाखों को ये भूनते हैं,
इनकी भी कुछ पहचान होनी चाहिए।
इनको नक़ाबों में छिपाकर मत ले के चलो,
इनके काले चेहरे सरे-आम होना चाहिए।

चाहे हो वो हिन्दुस्तानी, चाहे कोई पाकिस्तानी,
इनकी आतंकवादी पहचान होनी चाहिए।
आतंकवादियों को जेलों में छिपाकर मत रखो,
इनके सीने में गोली का निशान होना चाहिए।

न ही उग्रवादी कहो, न ही नक्सलवादी इन्हें,
इनका तो देशद्रोही नाम होना चाहिए।
देशद्रोहियों को जेलों में कोई स्थान नहीं,
इनका सीधा सीधा क़त्ले-आम होना चाहिए।

जान के बदले में जान, ख़ून के बदले में ख़ून,
अपनी करनी का इन्हें ज्ञान होना चाहिए।
आतंकवादी नाम तो जहान से ही मिट जाए,
बस सैनिकों के हाथ में कमान होनी चाहिए।

गणतंत्र

जब जनता का दुःख जनता के, दिल पर असर दिखाएगा।
गलियों का कोलाहल भी, जब किलकारी बन जाएगा।
झोपड़पट्टी का साया जब, महलों पर पड़ जाएगा।
सच कहता हूँ उस दिन ही, भारत गणतंत्र मनाएगा।

भारत माँ का हर बेटा जब, माँ का वचन निभाएगा।
माँ की रक्षा के हित, माँ की गोदी में सो जाएगा।
भारत का हर एक जवान, जब देश की आन बचाएगा।
सच कहता हूँ उस दिन ही, भारत गणतंत्र मनाएगा।

नेताओं की स्वार्थ नीति जब, राजनीति बन जाएगी।
कुर्सी की परिभाषा भी जब, अनुभव से जुड़ जाएँगे।
जिस दिन योग्य सदाचारी ही, नेता बन पाएगा।
सच कहता हूँ उस दिन ही, भारत गणतंत्र मनाएगा।

रिश्वत और मुनाफ़ाख़ोरी जब, जड़ से मिट जाएगी।
अपने मेहनत की रोटी जब, ख़ुद जनता ही खाएगी।
बाज़ारों का भाव भी जिस दिन, सरे-आम हो जाएगा।
सच कहता हूँ उस दिन ही, भारत गणतंत्र मनाएगा।

जिस दिन भारत का भविष्य, ताक़तवर बन जाएगा।
शिक्षा का मतलब भी जब, केवल शिक्षा रह जाएगा।
जब कोई शिक्षित बेरोज़गार, फाँसी नहीं लगाएगा।
सच कहता हूँ उस दिन ही, भारत गणतंत्र मनाएगा।

कलियों सा खिलता यौवन, जब आँगन को महकाएगा।
माँ की उँगली पकड़कर, बच्चा जब-जब पढ़ने जाएगा।
डिस्को के बदले जब, घर में लोरी राग सुनाएगा।
सच कहता हूँ उस दिन ही, भारत गणतंत्र मनाएगा।

त्याग

हम भारत की हस्ती है, हम इसकी शान बढ़ाएँगे।
आज़ाद रखेंगे हम इसको, वरना हम मिट जाएँगे।

हम दुनिया की तड़क-भड़क में, अपना संयम न छोडेंगे।
जो पथ गर्दिश में जाता हो, हम उस पद को भी मोड़ेंगे।

जिसने भी आँख उठाकर देखा, हम उसको सबक़ सिखाएँगे।
आज़ाद रखेंगे हम इसको, वरना हम मिट जाएँगे।

हम वीर शहीदों की, क़ुर्बानी व्यर्थ नहीं जाने देंगे।
गोरों की काली छाया को, फिर न कभी आने देंगे।

सत्य अहिंसा के नारे को, हर दम हम दोहराएँगे।
आज़ाद रखेंगे हम इसको, वरना हम मिट जाएँगे।

हम मानवता के साधक हैं, हम प्यार की भाषा बोलेंगे।
जाति धर्म से दूर सभी को, एक काँटे पर तोलेंगे।

हर मानव में सद्भाव जगा, निज प्रेम सुधा बरसाएँगे।
आज़ाद रखेंगे हम इसको, वरना हम मिट जाएँगे।

हम देश की सीमा पर, हरगिज़ आक्रमण नहीं होने देंगे।
हम हँसकर जान भले ही दे-दें, अतिक्रमण नहीं होने देंगे।

उगते सूरज की किरणों से, इस धरती को चमकाएँगे।
आज़ाद रखेंगे हम इसको, वरना हम मिट जाएँगे।

शपथ

इस वीर वतन की रक्षा में, तन, मन, धन, क़ुर्बान रहे।
कर्तव्य मार्ग से विमुख न हो, जब तक इस तन में जान रहे।

ऐ मातृभूमि सदा मेरे, मस्तक पर चंदन बन रहना।
पथभ्रष्ट कभी न हो, हम सब चाहे दुःख कोटी पड़े सहना।

अपनी आज़ादी पर हो गौरव, अपनी ताक़त पर अभिमान रहे।
कर्तव्य मार्ग से विमुख न हो, जब तक इस तन में जान रहे।

हम एक बने हम नेक बने, हम जाति धर्म से दूर रहें।
सत्य अहिंसा की राहों पर, चलने के लिए मजबूर रहें।

यह मस्तक झुकना नहीं कभी, हरदम यह ही अरमान रहे।
कर्तव्य मार्ग से विमुख नहीं, जब तक इस तन में जान रहे।

हम याद रखें उन वीरों को, जिनने इतना बलिदान किया।
इस मातृभूमि की रक्षा में, निज जीवन तक क़ुर्बान किया।

आज़ाद भगत सिंह पर हो श्रद्धा, बापू नेहरू का सम्मान रहे।
कर्तव्य मार्ग से विमुख न हो, जब तक इस तन में जान रहे।

लहराए स्वच्छंद गगन में, हरदम ये तिरंगा मेरा।
संसार की सोने की चिड़िया, यहाँ हरदम करे बसेरा।

यहाँ गोरे काले का भेद नहीं, यहाँ सिर्फ़ एक इन्सान रहे।
कर्तव्य मार्ग से विमुख न हो, जब तक इस तन में जान रहे।

शहीद का दर्द

ख़ून के एक-एक क़तरे से, इस गुलशन को सींचा मैंने।
इसकी महक अनोखी होगी, हरदम यह सोचा मैंने।
जान पर अपनी खेल गए हम, इसकी आन बचाने को।
कितने बाज़ू तरस गए थे, इस तिरंगे को फहराने को।
गर्मी सर्दी बरसातों में, कभी हमने हार नहीं मानी।
सजों की क़ुर्बानी देकर, हमने लिख दी एक कहानी।

हिन्दू, मुस्लिम, सिख, ईसाई, कभी हमने भेद नहीं जाना।
भाईचारे का जीवन था, सबको ही अपना माना।
माँ की गोद किया सूनी, राखी के बंधन तोड़ गए।
उँगली के सहारे चलता था, वह नन्हा बचपन छोड़ गए।
आख़िर एक दिन हम सबकी, वो मेहनत ऐसा रंग लाई।
आसमान से दूर हुई, गोरों की काली परछाई।

सबने मिलकर ख़ुशियों का, ऐसा जश्न मनाया था।
लाल किले पर सजा तिरंगा, जन-गण मन को गाया था।
मगर आस्तीन के साँपों ने, अपना ज़हर उगल डाला।
एकता और अखण्डता को, पल भर में खण्डित कर डाला।
वतन के टुकड़े कर डाले, मानवता को शर्मसार किया।
देश की क़ौमी एकता को, दुश्मनी का व्यवहार दिया।

एक कुर्सी की लालच में, अपना ज़मीर तक बेच दिया।
भारत माता के बेटों ने, माँ का श्वेत चीर तक बेच दिया।
अपनी औलादों को, कुछ ऐसे ही संस्कार दिए।
चरित्र हीनता लालच और, अनैतिकता के उपहार दिए।
आज देश की तरुणाई ने, अपनी सोच बदल डाली।
लूट रहे हैं देश की दौलत, फिर भी जेब लगे ख़ाली।

राजनीति संरक्षक बन गई, चोरी अत्याचारों की।
हत्या और व्यभिचार बन गई, आदत ओहदे-दारों की।
बेटी माँ की गोदी तक में, अब रहती महफ़ूज़ नहीं।
न्यायालय की ऊँची दीवारों तक, नन्ही चीख़ों की गूँज नहीं।
कैसा दानव राज बन गया, इसमें सब कैसे रह पाएँगे।
पुनर्जन्म यदि मिल पाया तो, हम कैसे मुँह दिखलाएँगे।

www.ingramcontent.com/pod-product-compliance
Ingram Content Group UK Ltd.
Pitfield, Milton Keynes, MK11 3LW, UK
UKHW021658190726
13853UKWH00001B/338